李蔚红 著

会发光的孩子

青未了文丛

山东城市出版传媒集团 济南出版社

图书在版编目(CIP)数据

会发光的孩子／李蔚红著.—济南：济南出版社，2020.4（2022.10 重印）

（青未了文丛）

ISBN 978-7-5488-4137-1

Ⅰ.①会… Ⅱ.①李… Ⅲ.①散文集—中国—当代 Ⅳ.①I267

中国版本图书馆 CIP 数据核字（2020）第 045527 号

出 版 人	崔　刚
图书策划	郭　锐
责任编辑	郑　敏
封面设计	儿童洁

出版发行	济南出版社
地　　址	山东省济南市二环南路 1 号
邮　　编	250002
电　　话	0531-86131729
网　　址	www.jnpub.com
经　　销	各地新华书店
印　　刷	济南新科印务有限公司
版　　次	2020 年 5 月第 1 版
印　　次	2022 年 10 月第 2 次印刷
开　　本	165 毫米×230 毫米　16 开
印　　张	8
字　　数	160 千
定　　价	36.00 元

法律维权　0531-82600329

（济南版图书，如有印装错误，可随时调换）

生命是有灵性和能量的

大地上遍布着生命,从小小的蠕虫到强大的人类,每一种生命都有感知环境的灵性,有生存、繁衍、传承的能量。

植物是生物界最普遍的生物,它们追寻着阳光、水源,以众多的生命样式,庇护、养育着其他生物。一些山间的松柏,能够一点一点地顶起顽石,伸长根系,上千年地常青、屹立。

动物们更是适应各种环境,活得神奇而顽强。非洲原野上的大象、斑马、野牛等食草动物,一年年地追随着食物迁徙,那些刚刚出生的幼儿,就能够在母亲的引导、催促下站立、奔跑,跟上群体,不然,它们就会成为捕食者的食物。

我们人类是大地上最睿智、最强大的生物。父母孕育了我们,培育、关爱我们,是我们的生命之本。我们一年年地学习、成长,成年后,也要经历繁衍、养育子女的过程,并且知道感恩与回报父母。

养育与成长,是生物世界最普遍的现象,更是我们人类生存中最重要的事业。没有养育,就没有生命世界的生生不息;没有美好的成长,就没有生命的能量与光芒。

父母对孩子的养育，是基因与生存信息的传递，所以，他们倾尽身心的爱与能力，于是生存的世界里便有了家庭、亲情以及社会协作，并且衍生出了伦理道德、文化教育等美好的事物。

生命的灵性让我们感应着养育，理解着万物，让我们建立起家庭和社会关系、人与大自然共生的关系，拥有人生美好的感情和理性；生命的能量则让我们获得生存的技能，不仅能够满足自己的生活需求，也能够像太阳一样闪耀光芒，照亮、温暖一些阴暗、愚昧、贫乏的心灵。

生命的灵性和能量让人感动。一只看上去丑陋、笨拙的蟾蜍父亲，在小蝌蚪成长的水湾就要干涸时，会用身体一点一点地掘一条水沟，引导着它的宝宝们进入大水湾里。人类的一位母亲，在地震时，用自己的身体护住孩子，留下的最后一句话是："孩子，妈妈爱你！"还有那些带领家人、部落、民族走出困境，战胜敌人的一个个英雄、伟人的事迹。人类生存的历史中充满了战争、伤亡、艰难，但是追求和平、文明、美好的脚步从未停止。

我们与家人亲密相处，与身边的人相伴、相助。我们在漫漫的时空中经历着人生，也与其他的生物共生、互动，有着很多的共性。我们人类的基因，与大部分植物的基因有百分之五十以上是相同的，与灵长类动物的基因有百分之九十以上是相同的。所以，我们可以像树木一样，向着阳光、雨露美好地生长，然后繁衍、养育后代，回馈大地的养育；我们也可以像宇宙中的一颗小星体，闪耀着自己的光芒，照亮、温暖着身边的人，甚至更多的生物。

古希腊人认为，人生的美好和幸福，不是占有很多的财产，也不只是简单地享乐，满足各种欲望，而是拥有探究、了解世界的丰富知识和高贵的生存行为。

  大地是我们生存的家园，每一种生物都是我们整个生物链的一部分，任何一个人、一个物种，都是难以单独长期生存下去的。所以，让我们感知大地深厚的养育，感知宇宙更多的事物，与它们共生并存，并且闪耀出自己生命的光芒吧。

目 录

壹 大地上的养育

仰望蓝天 / 3
从家门到幼儿园的大门 / 6
有一片站立的土地 / 10
对她说,春天来了 / 13
在孩子的床头放一本书 / 16
多知道一些吃梨的方法 / 19
爸爸改"毛病" / 22
师者的目光 / 25
童年的屋 / 27
一个小男孩的第一次迟到 / 29
父母的食物 / 32
父母与孩子的亲情专线 / 35

贰 向着美好成长

啃书的小书虫 / 41

寻找真理 / 44

家庭辩论会 / 48

轮流当"家长" / 54

坚持滑下去，就能学好 / 58

在心里，播下科学的种子 / 62

阳台上的宝库 / 66

叁　闪耀生命之光

太阳也许不止一个 / 73

劝学 / 78

有了责任心 / 81

在送花的日子里 / 85

绘好"人生的地图" / 87

有一把勤劳的扫帚 / 91

幸福的金钥匙 / 94

你人生不能做的事情——写给儿子 / 97

耐心地等待孩子成长 / 102

我们的感恩节 / 106

过年，去福利院看孩子？ / 110

人生，要有一些高尚的行为——写给儿子 / 114

会发光的孩子 / 118

壹　大地上的养育

大地以久远的时光、广阔的原野和起伏的山河养育着生灵。生灵又一代代地成长、繁衍、进化着，尽现着大地的生机、丰富与壮丽。

仰望蓝天

在你的一生中，你都仰望过什么？

很小很小的时候，你仰望过什么？

一个明丽的春日的下午，我和孩子仰望了一下天空。浮云正游荡在广阔的天空，天空悠蓝的穹盖和变幻的图像，使我幼小的孩子眼里闪动着好奇的光亮。

"妈妈，天空像什么？"

"像什么呢，孩子？让我们再看看。世界上的事物都有着联系，但有时候，每一样又都是独一无二的，就像你和妈妈。

"真的，孩子，这天空在我们头顶上，无边无际，它和阳光、水一起养育着我们。它神秘莫测，不由人主甚至不由自主。这就是天空，就是我们看到的样子。"

我努力地说着。我和孩子一起仰望着天空。我要让孩子从小就仰望些什么。

小时候，我就是仰望着什么长大的。

那时候，我被寄养在外祖母家里。我跟着舅舅和小姨在田野里干活。英俊的舅舅和美丽的小姨都因为出身不好而加倍辛劳，生活的贫苦和压抑并没有带走他们的歌声，舅舅总是吹着口哨，小姨总是唱着乡村流行的歌曲。我站在土地上，望着遥远的地平线和蓝色的天空，想念着爸爸妈妈和我熟悉的家。我看到阳光因为云片的遮挡，而把田野分成了明暗两半。我想走到另一半里去。我萌发了渴望长大的念头。我试着往前走，我要走到地平线的那边，那里会有我向往的一些美好事物。

我想我应该长成一个不再像母亲一样的女人，我要抹去出身成分带给人的终生影响；我要像一些英雄、伟人那样，生得伟大，死得光荣，不虚度生命；我想当一位国王，为农村里贫苦的老人和孩子们分食物、做衣服；不然就成为一个作家，写很多美好、有趣的书。

我迈步向前走着，但我在总也走不到地平线的困惑中走回来了。

我走进了家庭，做了你的母亲。我和你一起仰望着使你感到好奇和喜爱的事物。

总爱仰望什么的人，有着理想主义的眼神，他们不愿再拘于现实的一些小利益、一些生存的标准和约束。

但有一个季节我却很少仰望了。我仰望得已经太久太累了，它们已经改变不了我的什么了。它们已经是我不能到达和做到的，或是有一天，我即使到达和做到了，也会怀疑它们对我的意义。

生命的感觉有些是始终不变的，有些肯定是会随着年龄的增长和命运的经历而改变的。

但我还是在努力、虔诚、喜悦地和你一起仰望着，仰望我们头上每一天都在变幻的蓝天；仰望你生命里成长起来的各种能力；仰望我们用自己赋予了它们，它们也赋予我们感觉的各种事物。

在你什么都能够自然地仰望、能够有可能去实现的童年的地平线上，孩子，妈妈陪伴着你，为你讲解着眼前的事物，和你一起仰望那些高远、神奇、美好的事物。

孩子，风正赶着云的马、云的大象，拉着云的蘑菇、云的棉絮，前往云的宫殿。春天的天空明丽柔和，空气如水一样闪动。你喜欢春天的天空吗？或者你喜欢别的？夏天的天空浓厚多变，秋天的天空悠然高远，冬天的天空深重清冷。

人的生命也经历着季节，妈妈已经喜欢秋天的天空。

"妈妈，天空是不是海呀？它会不会掉下来？"儿子伸着手问。

"天空是天上的海，是空气的海，你看看那些白色的帆船。"

"妈妈，我喜欢春天和夏天的天空，它们比秋天和冬天的天空好看。"

"是的，孩子，你喜欢的正跟你现在的生命一样。"

长久地仰望你喜欢的天空吧。

你会在天空下，长成一个有理想、有能力的男人。

从家门到幼儿园的大门

走出家门，走向社会，是一个小孩子的大事情。

小孩子进入的第一个社会是幼儿园。

儿子是一个不喜欢跟陌生人接触的孩子，是一个要求安全、有依恋感的孩子。他只想和爸爸妈妈待在一起，所以上幼儿园就成了他很难迈出的一步。上幼儿园以前，只要我把他留给陌生人照看，他就会不停地找我，像是自己被留在了一个不安全的环境里，而妈妈却不知道去了哪里，任别人怎么哄也不行。我时常在心里问自己，儿子这样是不是我在上海求学的时候，把他留在家里一年多造成的？我很怕是这样。每问一次，我的心就会感到一阵后悔和痛苦。

所以，我总是走到哪里就把他带到哪里。我经常把他带到办公室，但是我有工作，有一些事情必须尽快去做，不能总是带着他。

在把他送到幼儿园以前，我先尝试着把他送到我们出版社的一个小托儿所去。托儿所里有七八个年龄不一的小孩子，由两个老阿姨照看着。

我对儿子说："你在这里跟小朋友玩一会儿吧，妈妈就在办公室里。"

"不，不在这里。"总是我刚说完，儿子就抱住我的腿，让我不得不带他走。

有两次，留不下他，我就陪着他在里面玩，鼓励他跟里面的孩子们一起玩。儿子很警觉，看着那些孩子们玩秋千、跷跷板什么的，也很好奇，但他却不投入进去。他心里担心，担心我会趁他不注意，把他留在里面。

我还是联系了附近的一所幼儿园，决定把儿子送进去。

去幼儿园的那天早晨，我们早早地吃了饭，我给儿子换了一件蓝白条纹的上衣，给他梳了梳头发，把他领出了家门。

至今我还清晰地记得那一天的经历，它在我心里留下了一道一生的伤疤。我虽然读过很多书，也受过高等教育，但我当时对如何把孩子交给一个陌生的社会，却是那么无知和无奈，没有人传授我一点儿经验。

我知道肯定会有一些幼儿的父母像我一样，需要学习和传授经验，这也是此后我开始学习、研究亲子教育的一个重要原因。

我记得我先到会计室里交了费用，然后就领儿子到了一间教室。一位年轻的女老师出来拉住了儿子的手，要带他进去。这个时候，儿子已经抱着我哭了起来。女老师用力地拉他，把他拉进了教室。儿子使劲地哭喊起来："我不在这里，我要找我妈妈，我要找我妈妈……"

我忍不住推开了门，想哄一哄我的儿子。我不能就这样把他留在这里。但是女老师强硬地推我出去，她说："你赶快走，孩子总得哭两天的，你越在这里他越哭。"她拦在我和儿子之间，把我推了出去。

这是一个矮小微胖的女老师，她一定这样对付过很多孩子。她虽然很年轻，但是心肠已经硬得像石头了，而且她一定不懂得爱与真正的孩子养育。

我在教室外面站了一会儿，幼儿园要关大门了，我不得不离开了那里，但一直到我离开的时候，我都能听到儿子还在哭喊着。

中午，我没有去幼儿园看儿子，因为老师告诉我，下午四点家长才能接孩子。我竟然就没有想到这是把儿子送到幼儿园的第一天，所以不管怎样，我都应该中午就去看看他。

下午我早早就到了幼儿园。我推开教室的门，就听到我的儿子在哭。我看到他站在教室门的旁边，哭声低低的、哑哑的，只是在抽泣。老师正在弹风琴，她停了下来，对我说："你的孩子一直哭，中午也不吃饭，也不坐下。"她用冷冷的声音抱怨儿子不听话的行为。

我一下把儿子搂到怀里。儿子扑到我的怀里，就没有声音了。我再看他，他竟然已经睡着了。从他看到我，到他睡过去，也就五六分钟的时间吧。他一定是哭得太久了，站得太久了，饿得太久了，渴得太久了，想妈妈想得太久了！

我当时极力忍耐着，没有一句责备老师的话，抱着我的儿子离开了那所幼儿园。

回到家里，儿子还一直睡着。我倒了一杯水，叫他起来喝，他咕嘟咕嘟地喝了下去，然后又靠着我睡起来。我没有把他放到床上，就那么一直抱着他，抱着他睡了一个晚上。

第二天，我们没有再去那所幼儿园。我想，对幼儿有理解和关爱是幼儿园老师最基本的素质。如果没有这样的幼儿园，我就自己边工作边带孩子。

我一点点地写下了儿子第一次上幼儿园的经历。多少年了，我不敢回忆这件事情，因为回忆起它，我的心就会如针刺、刀绞一般疼痛。我悔恨和责备自己的无知、大意和老实，我甚至会憎恨社会上那些对幼小孩子没有爱心的人。

台湾的一位母亲在送孩子去学校的第一天时这样写道：

今天，我向你们交出了我的孩子，他是我最宝贵的。我不知道十多年以后，你们能够还给我一个什么样的青年。

这位母亲看着她尚幼小的孩子穿过马路，走进了学校，她担心着交通的安全，担心着不良环境、教育对孩子的影响，担心着一些行为不轨的人，担心着社会上各种可能的危险……

我也是一位这样担心着的母亲，一直到现在，我还这样担心着。我相信，所有深爱孩子的父母们，都这样担心着。

有一片站立的土地

大地上的动植物，都需要依附着一点儿什么，有一块生命成长的空间。那些上千年的大树，都把根深深地扎入泥土，坚固住自己，然后伸展开如盖的树冠。

人类生命的成长，也需要一片坚实的"土地"。

儿子一岁的时候，他还没有完全学会走路时，就开始抬起小脚向前奔跑。他两手向前伸着，摇摇摆摆地保持着平衡，不时重重地摔一个跟头，但是他依然为自己的尝试与能力而高兴。每一次，我把他抱出家门放到地上以后，他就突突突地向前跑去，脚步歪歪斜斜的，像小鸭子一样。他总是跑上十几步，就感觉像是很遥远的距离了，马上回过头来，看看我，再突突突地跑回来，扑到我的怀里。他还太幼小，还本能地需要保护，不能离开家人的视线范围，十几步的距离，已经让他意识到自己闯入了陌生的环境，而陌生的环境是不安全的。

每一个小孩子，都会有本能的安全意识，这种意识是从久远的年代遗传下来的，是生物普遍具有的避险意识，是他们的生存基础和自我保护。

人类以外的动物，也是这样。幼小的狼和獾，在父母离家寻找食物的时候，总是紧紧地挤在一起，绝不轻易地跑出洞去，即使饥饿难耐，它们也只是从洞口探一探头，低声地叫唤几声。

为了繁衍和保护后代，人类逐渐地拥有了家庭。家庭的基本含义就是有一座能蔽身的房屋，里面有亲爱的父母和血脉相连的家人，可以安宁、温暖地栖息和成长。

家庭是为孩子而设立的，它最重要的功能是为孩子提供一个安全的成长基地。当一个幼小的孩子哭泣的时候，母亲抱起他来拍一拍，孩子马上就会止住哭声。小孩子太熟悉母亲的气息了，这种气息能够使他一下子就安静下来。而如果把小孩子放到一个陌生的环境里，让他看不到熟悉、亲切的人，他就会感到紧张和焦虑不安。

如今的城市里，父母们大多忙于工作，不能亲自照料孩子。有一些父母，甚至在孩子还没有断奶的时候，就把他们交给家里的老人或者保姆。他们总是没有太多的时间和孩子在一起，等到孩子上了小学、中学，然后离开了家庭，这些父母或许仍旧没有陪伴孩子的时间。长期不与孩子在一起，父母与孩子的关系就会生硬和疏远，孩子很少依赖自己的父母，他们生命的成长就会缺少一些父母养育的细节，缺少一片只有父母才能给予他们的安全基地。我接触过很多缺少父母照料的孩子，他们中有一些人总是一副心不在焉的样子，做什么事情也不安稳；有一些人性情特别随意，什么事情也不在乎；还有一些人则很内向，不知道怎么与他人交流。这些孩子的共同特征是，他们与任何人都隔得很远，需要依赖又不知道怎样去依赖。

照料孩子其实是父母人生中最重要的职责。父母每天亲自照料孩子，能够使孩子感到亲切、安宁和温暖，这些感觉是其他人难以给予他们的。这些感觉会随着孩子的成长，一点一滴地长进他们的生命里，使他们受用一生。

孩子一天天地成长起来，能力逐渐地提高了，但是他们依然需要父母的陪伴和照料。他们做作业的时候，即使父母不能具体地帮助他们，但是只要父母在家里，孩子就容易安静下来，沉入习题里面去。

我还没有养育孩子的时候，一位朋友告诉我说，她的孩子十岁了，十年来，她几乎没有一天完全离开过孩子。与孩子在一起，她安心，孩子也安心。她与孩子互相看到时不仅仅是一个眼神，还是生活的亲切、安宁、坚实和信心。她的孩子现在已经成长为性情沉稳、非常优秀的男子汉了。

家庭和婚姻的稳定也利于孩子成长。很多人认为婚姻是夫妻两个人的事情，其实婚姻的起源与本质，都是为了更好地养育后代。

在孩子幼小的时候，给予他们相亲相爱的父母和一个温暖的家，给予他们安全和照料，给予他们正确的教育和引导，就是给予他们一片滋养生命的坚实的土地。有了这样的一片土地，一代代的孩子才能健壮、美好地成长起来。

对她说,春天来了

我和六岁的儿子做同学是一起去学琴的时候。

星期二的下午,我从幼儿园里接了他,然后各自背着包向儿童活动中心走去。儿子总是走在我的前面,他说妈妈咱玩"人虎枪"的游戏吧,我们俩就跺着脚,同时说出"人虎枪"三个名词中的任一个,用这个名词来代表它所表示的真实事物,然后我们俩就你追我赶地跑起来,全不管行人的不解。路上停下来的时候,我会给儿子买一盒酸奶或一包鱼片,给我自己买一个烤地瓜。我们做着伴,边吃边玩,一会儿就到了琴房。琴房的门上写着:母子钢琴班。

教琴的是位女老师,她已经上了年纪,但依然能够看出年轻时的美丽。她微胖,气色很好,眼睛黑黑的,像孩子一样闪着清纯的光亮。报名的那天,我就同她交谈过。我问她业余还带不带学生,她说这样就够累了,还带什么学生,教孩子就得好好教、得出力,不能糊弄,不然孩子打不好基础,有了坏毛病,大了就不好改了。

"如果不上班了,自己带学生可能收入多一些吧?"我继续问。

"要那么多钱干什么?"她好像不满地反问我。

我当时就对她有了一种好感。我把这种感觉留在了心里。我们上课后,我又看到钢琴上有一束斜插在一个酒瓶里的冬青枝。酒瓶也许是她随手捡到的，但那每一堂课都绿绿地斜插在那里的冬青枝，却表现出了一个人的心灵世界。教琴时，她也真像自己说的那样，总是认真、出力地教孩子。她学着孩子的腔调说话，同孩子开玩笑。她很喜欢我那顽皮的儿子，她说顽皮的孩子长大了都很聪明。

有一次上课前，她站起来又突然坐下了。过了一会儿，她喊来一个同事为她量了量血压，然后站起来继续教课。整堂课的时间，她的脸都红得厉害，眼睛也不那么亮了。那一堂课，我听到所有学琴的母子都把音弹得又快又准。

回家的路上，我对儿子说："你一定得好好地练琴。"

儿子仰着脸问："为什么，妈妈？"

我说："因为教琴的这个老师很好。"

儿子的琴技一天天长进着，开始弹出了味道。他的领悟能力好，接受得快。起初，我还凭着原来多少会一点的底子不时地指导他，后来我就感觉吃力了，我从事了无数劳动已经有了好多规则的大手，怎么也比不上一双没有负担的灵活的小手，我的脑子也装满了复杂的东西，记忆力也不好。我终于落到了他的后面，成了一个成绩不好的学生。

春天来了，我和孩子走的路上有了春风和绿色，高大挺拔的杨树，不时地在我们脚边落下几穗毛茸茸的杨花。儿童活动中心门前的迎春花，也金灿灿地盛开了，像大自然伸展到我们眼前的黄金条。我说咱们停一停，采一束花吧。儿子说你不是不让我采花嘛。我说咱破一次例，送给教琴的老师。儿子弓着身子，就要去采花了，我却又叫住了他。我不能让他冒险，万一被执法的人发现，他小小的心灵会遭受伤害。我说咱还是采一枝冬青吧，老师挺喜欢冬青的，这冬青也需要经常地修剪。儿子照着我说的做了，我们俩采了一枝带着春天新绿的、油光的冬青。

我把它用水洗了洗，弯成了飞鸟的形状。在琴房门口，我把它交给了儿子，我说你交给老师吧，对她说春天来了。

春天来了。黑发里已经掺进了白丝的老师，心里也许一直就有一个自己的春天，但大自然的春天她却不一定马上就能感受到。这是一种心里有大智慧，日常行为却往往不怎么精明的人的表现，这也叫大智若愚吧。

一束新绿的冬青，斜插在钢琴上的酒瓶里了，它是一对学琴的母子洗去了世尘的青翠的心意，它使所有学琴的人都屏住了目光，都为之清新。我和我的儿子同学坐到了座位上，有多年琴技但不想去多挣钱的老师，正慈爱地看着我们。

所有优美的琴声，都是从心灵里流淌出来的，而不单单是一些技巧，我一直相信这一点。我也要让我的儿子同学懂得这一点，并懂得生活里很多的美好和感激。

在孩子的床头放一本书

在孩子的床头放一本书,十几年了,我一直这样做。

每一天,儿子走到床前或者晚上上床的时候,总会一眼就看到床头有一本触手可及的书。他会不经意地拿起来,随意地翻动着,像玩一个玩具,然后突然被里面的一句话或某个画面吸引住。他停住不动了,认真地看下去。有时候,他会被一本有趣的书吸引得非要一口气看完,想知道里面的全部内容,直到我一遍遍地喊他,催他睡觉或者说看坏了眼睛,他才肯放下。

这放在床头、经常变换着内容的书,不是一本,而是几天一本,粗略算来已经有成百上千本了。

天长日久,在床头的这个位置,儿子已经读了很多的书。文学故事的、科学家传记的、历史的、战争的、哲学的、情感教育的、百科知识的……一本本的书为他打开了一个个的世界,心灵在里面成长壮大起来,他的能力也就不知不觉地发展起来。

这些书慢慢地在他的生活中产生了影响。

上小学的时候,他的语文能力还没有完全表现出来,但是到了初中,他写作文就变得容易起来。他对日常的大小事情总有自己的一些思想认识,正好借机发挥一下。加上在读书中潜移默化过来的文字能力,所以他从来也没有无话可说的时候，还经常语出惊人，写出一些有思想感情的好文章来。上高中以后，他写了很多"思想的碎片"，发表在学校的《空间》杂志上。

由于读过很多科学家的故事，他也就了解了一些科学领域里的事情，对天文、物理、化学的兴趣浓厚起来。他自己在阳台上制造"甩干机"，用一根钉子在一个易拉罐上钻一些细小的孔眼，然后拆一辆四驱玩具车的发动机固定在一块木板上，再把两者安装到一起，最后通上电，让它们一起旋转，易拉罐里的水很快就像下雨一样被甩了出来。

读书不仅使儿子增长了知识，也使他的心灵世界丰富、美好起来。七岁的时候，他读了伦琴发现 X 光，并且把这一发现无偿地让人们用来治疗疾病的故事。有一天放学回家，他认真地告诉我："妈妈，我长大了也要把我的发明无偿地让人们使用，我不要专利！"他还说他一定要去英国的圣玛丽医学院上学，因为发现了青霉素的弗莱明就在那里上过学。

有一次，我们在回家的路上突然遇上了大雨。雨来得突然，我们没有带任何雨具，儿子把他头上的小黄帽扔给我，要我戴上，自己向前跑去。他要用他的小黄帽为妈妈遮蔽风雨。

所以，在大人们不能给予孩子整个世界的时候，就让他们读书吧，让他们自己从阅读中，去认识和了解广大世界上的事理。

有一些孩子不能坐下来认真读书，学习成绩有可能上不去。

大院里我熟悉的几个孩子，都很聪明，只是由于没有在一定的年龄养成阅读的习惯，慢慢地才导致了现在不能深入读书的局面。

生命在一定的年龄里，是有一些大致应该做的事情的，错过了这些时期，就不容易弥补，甚至会影响一生。一只刚刚出壳的小鸡，如果离开了母鸡和群体，就留不下与母亲和群体相处的印记。人类的孩子也是这样。有很多的家长，在孩子五六岁的时候，总是让他们看电视。电视输入是一种一闪而过的视觉形式，轻松但是被动，而且有大量水准很低的节目。看多了电视的孩子，就很难再喜欢主动地、一行行地去阅读文字。他们还没有好好利用阅读的功能，没有感受到阅读带来的丰富和精彩，通过阅读可以打开的一些知识的大门，就在他们面前关闭了。

阅读是能够让孩子沉静下来，随着文字的深入进行感受和思考的一种最好的方式。他们开始是跟随着文字，慢慢地就能够在文字的引导下产生一些自己的见解，甚至发展到超越文字去进行更深透一些的联想、思考。一个读过很多书的孩子，视野就会宽广起来，对事物的领会能力也会增强；一个能够沉静下来的孩子，也总是能够发现一些特别的东西。没有在上学之前养成阅读习惯的孩子，如果上小学以后，也没有强化阅读习惯，那么到中学以后，就很难再深入地进行阅读了。并且中学时期的课业紧张、沉重，一般没有多少时间进行其他的阅读。

在我接触的孩子中，那些不喜欢阅读的孩子，多数学业不理想。

阅读是一个人一生中很重要的一种学习方式，我们能够通过阅读不断地获得很多学识。那些陌生的地域，那些令人感动的事物，那些我们不了解的知识，那些复杂的人性，那些发现的激动和喜悦……有时候，一个人，一个情节，一句话，就能激励我们一生。

在孩子的床头放一本书，放一本经过满怀爱心和期望的父亲或者母亲选择的书，天长日久，对孩子的成长一定会大有好处。

而那些喜欢读书的孩子，也可以自己每天在床头放一本书，在书包里放一本书，空闲时读一会儿书，相信一定会积累更多的学识，学习成绩也会更理想。

多知道一些吃梨的方法

中国有一个古老的故事,讲的是一个小男孩,他在吃梨的时候,自己拿了一个最小的,而把那些大的梨让给了其他的人,故事的名字叫"孔融让梨"。

当我把这个故事讲给我五岁的儿子听时,他还不能正确地理解这些事情,他瞪着纯真的眼睛认真地问我:"他是不是不喜欢吃啊?"

现在的很多孩子,在物质生活上已经很富足了,他们理解事物的观念也由于他们的生活处境而与过去的一代代孩子都不相同。在现代的孩子看来,一个小孩子,只有在他不喜欢吃梨,家里人却非要他吃的时候,他才会拿一个小的。如果他喜欢吃的话,他就应该让他的爸爸妈妈再去买,买很多。他们的观念是,如果有条件的话,就是要自己喜欢的东西,要最好的食物、最好的衣服,读最好的书,考最好的大学。

我们给现在的孩子讲述《孔融让梨》的故事,内涵要丰富得多,希望他们去理解尽可能多的一些分梨、吃梨的方法。

分梨、吃梨的方法可以有无数种:

把一个梨给生病的老爷爷吃,这是一种尊老的方法。

把一个梨给家里幼小的孩子吃,小孩子又让给辛苦的爸爸妈妈吃,这是一种亲爱的方法。

把一个梨切成很多小块，分给班里的小朋友吃，这是一种友爱的方法。

把一个梨送给街头上乞讨的残疾人吃，这是一种慈善的方法。

自己忍着饥饿，把仅有的一个梨让给身边最需要的人吃，这是一种高尚的、利他的方法。

把一个梨按周围的人数平分为几块，一人一块，这是平均主义的分配方法。

在一个家庭里，把几个梨按照老人、孩子的不同需要分，这是一种按需分配的方法。

在一个办公场所里，把一筐梨按照所有人的职务高低分配，这是权力的分配方法。

在几个一起采煤的矿工那里，把一袋梨按照每个人采煤的多少分，这是按劳分配的方法。

在几个饥不择食的人面前，一个最有力气的人把所有的梨都抢到自己手里，独吞了，其他的人只能眼睁睁地看着，这是野蛮的、利己的方法。

我们还可以举出很多种分梨、吃梨的方法。每一种分梨、吃梨的方法，都是人类所可能有的一种不同的生存行为。自然，它们有一些是共享、互爱、美好的，有一些则是强制、野蛮、无情、掠夺式的……

在共同的生存中，我们可能经常面对有限的土地、矿山、海洋、空气、食物，我们需要选择一个最适当的方法来分配和使用它们。

地球上很多原始的海洋、陆地、山脉、河流，都被最初的发现者据为己有了，他们以自己或国家的名字命名了那些地方。这样的动机曾经激励着最初的人类探险活动，出现了很多勇敢非凡的探险家，像哥伦布、迪亚士、达伽马、麦哲伦、库克、白令等。

　　但是后来，人类的探险家们已经不再把刚刚发现的地域据为己有了。现在，在南极、北极，有很多国家竖起了他们已经到达的旗帜，但那只是他们建立的一个个科学考察点，而不是他们国家独有的领土。

　　人类还会逐渐地登上火星、木星，与宇宙中很多的星球形成联系，但是宇宙中这些还没有被登陆的地方，目前是属于全人类的，不属于任何一个单独的国家和个人。

　　通过分梨和吃梨等这些生活中的小事情，我们可以与孩子一起，了解人类一些不同的生存方式、生存故事，丰富孩子的生活经验，引导他们去思考，这对他们美好的道德观念、价值观念、人生观念这"三观"的形成，以及他们心智的发展，都有很好的作用。

爸爸改"毛病"

儿子的爸爸是在农村长大的，小时候做错了事情，免不了被父母打骂。农村里的父母十有八九都打骂孩子，他们都不觉得打骂自己的孩子有什么问题，反而认为这是一种必要的教育。

儿子的爸爸把这种童年的影响又带进了城市的家庭。儿子小时候在床底下玩火的时候，放学以后与同学去网吧玩游戏的时候，爸爸都会抓住他的小胳膊，用大巴掌拍打他两下。虽然这样的拍打一点都不疼，只是表示一下责罚，但对孩子尚幼小的心灵也是一种小伤害。

所以每一次儿子都不服气，只是他还没有反击大人的习惯，跟爸爸的体格相比，他暂时也不是对手。有一次被拍打以后，他就不解地问我："为什么大人可以打小孩，小孩就不能打大人？"

"你在床底下玩火，很危险，容易引起火灾，爸爸打你，是为了让你记住不能在床底下点火。"我跟他解释。

"我是想研究火里面有什么，你们不让我点火，那我怎么研究？"儿子总是有自己的理由。

再后来，爸爸拍打了他以后，他就会搞一些恶作剧来发泄自己的情绪。他会在爸爸睡觉以后，往爸爸的皮鞋里灌水，或者把爸爸的手机、打火机藏起来。

有一次，儿子放学后又跟同学去了网吧玩游戏。我和他爸爸一直在家里等着他。就要期末考试了，我也很焦虑、生气，但我还是劝说儿子的爸爸，儿子回来后可以严厉地说说他，但是一定不要动手打他，他已经上初中了，有自尊心了。

但儿子回来以后，他爸爸还是粗暴地上去拉扯了他一下，厉声质问他为什么改不了这个毛病，又去网吧玩游戏。

儿子也很生气，大声地反问："你抽烟的毛病改了吗？你出去喝酒半夜才回家，你还经常摔东西……"儿子一口气说出了爸爸的很多毛病，而且这些毛病的性质和危害都更为严重。

"我抽烟多少年了，很难改了……"爸爸还算是个讲道理的人，他被孩子抓住了把柄，很是难堪。

我也在想，儿子老是去网吧玩游戏，这个问题是要纠正，但是做父亲的经常动手打孩子，爸爸也要认识到，这是一种简单粗暴的行为。而且这个经常为小错误就打孩子的父亲，说起来才是家里问题最多、最严重的人呢，他却从来都没有为此反思、责罚过自己。

"你以后确实得改正自己的一些毛病，除了儿子刚才说的抽烟，还有不整理房间，袜子、内裤、书到处乱放等问题。在我们家，谁有了毛病都要认识和改正，我有了毛病，也要改正。"我公正地对儿子和他爸爸说。

这件事情以后，儿子的爸爸真的不再动手拍打、拉扯儿子了，一是他感觉儿子成长起来了，不可小觑了；二是他也开始认识到自己的问题了。但是一个成年人已经形成的观念和习惯，确实不容易一下子就改掉，此后再跟儿子发生冲突的时候，他还是有动手的冲动——那是父母亲给他的童年留下的影响。所以，他必须想办法控制住自己的冲动。一开始，他特别生气、不满的时候，不能再打儿子，就使劲地捶打自己。他捶打自己时，儿子在一边看着，心里也不好过，儿子并不想因为自己让爸爸如此难过，这样反而起到了一些让儿子反思的作用。

再后来，儿子的爸爸就变得更为理性了。他在冲动的时候，不再捶打自己了，而是改为摔书，或者是摔吃饭用的筷子。我们都为他的进步而高兴。再后来，他摔东西的毛病也改掉了，成为一个能够完全控制住自己冲动行为的人。

其实，在外面的社会中，他一直都是一个温良的人，对待别人极为友善和耐心，富有智慧和理性。

在我们的社会中，有很多与儿子的爸爸相同的人，他们都是些本性善良、受过教育、知书达礼的人，只是因为一些传统观念的影响，而没有把自己的家人、自己的孩子，当成应该尊重的对象。

儿子的爸爸认识并且改掉自己毛病的过程，也充分地说明，父母打骂孩子绝不是一种好的教育方法，这只会压抑和伤害孩子的心灵，甚至引发孩子的愤怒和对抗，而通过改变观念、转移冲动，那些习惯动手打骂孩子的家长，也是完全可以改掉这个毛病，使用一些良好的方式来教育孩子的。这样不仅改掉了自己的毛病，还能以良好的行为来影响孩子。

师者的目光

从去年开始，儿子增加了一项业余学习的任务，参加了一个美术专业班的学习。每个星期天，我也就多了一件去接送他的事情。教孩子绘画的美术老师很有个性，他用自己编的书来教学，并且每次授课结束时，都要家长们拥进教室里，与孩子一起理解美术和了解学习的要求。就这样，在孩子学习美术的教室里，我便留意起了这位特殊的老师。这位老师看起来四十余岁，但是他的头发已经开始掺白了。他经常严肃地坐在没有讲桌的讲台上，手里拿着粉笔或几幅孩子的画作，边讲边不时地向被讲到的孩子投去一种不动声色的目光。他的脸上几乎从来没有笑容，他的语气里也很少表扬，但是爱和从不松懈的责任，却从他的目光里透露出来。我经常被这种目光感动着，因为在这些业余学习的教室里，并不需要特别的爱心和责任。而这位老师投向孩子的目光，却大大地超越了他的工作，已经使他显示出一种与众不同的生命神情。这位老师的水平也是很高的。我禁不住想，这些能接受到这种目光的孩子们真是幸福，他们幼小的心灵一定会争先恐后地循着这种目光的期望，更高地要求自己，在这种目光中成长。也许在他们当中，以后还会有几个有出息的孩子，会把这种目光传送到更多生命的感受里。

我也禁不住想到了我的童年和我的一位老师。大约是在我上初中的时候，学校里开始不看重学习成绩了，但是教我的一位年轻的老师，却严格地要求我们的学习，他总是从讲台上就能看到我桌洞里的课外书。他会把一截长长的粉笔啪地扔到地上，来引起同学们的注意，然后用目光看着我，却并不点名提出批评。考试的时候，他走过我的身边，看到我做错了的题目，又总是长长地叹一口气，然后背着手，再去看其他同学的卷子。我总是在这种目光里悔恨着，也总是习惯在这种目光里努力着。我把作业做得干净准确，学习总是保持在前列。许多年过去了，我在这段时间里学过的知识，是一生中最为扎实的。

但是许多年来，我却似乎忘记了这种目光。在我们进入的成人生活里，也很少有人再向我们投来这种目光了。这大概是由于成人生活里必须有功利性和复杂性，而发出这种目光的人，却并没有这样的想法，也很少期望什么回报，它只是在众生的生活里，有特殊生命精神的人的一种特殊的现象。

我们的生活里已经很少有这样的目光了，我们便应该更为珍惜这样的目光。这样的目光与你抬起的目光接触之时，有一种理解和关注着你成长的严肃，有一种像父母一样的期望和激励，那慈爱和期望，能够透过肯定或批评的语言，袭进你的心里，使你忍不住暗暗地下决心，刻苦着、自责着、努力着，在生命的一个个经历中，去继续获得这样的目光。

这样的目光是引导者的目光，是我们每个人在生命成长的某些阶段里，依稀都接触过的目光。这样的目光，是师者的目光。

童年的屋

背起书包,你就要去上学了。孩子,今天是第一天,是你离开妈妈和家走向学校的第一次,是你生命中的又一个纪念日。

昨天夜里,你早睡了。我装好你的书包后,坐在你的身边,看着你六岁的脸,看了很久很久。八月的风吹着窗外的树木,像孕育在大地心中的深情的呼唤。孩子,你就这么长大了,在妈妈的心里、眼里、手里。每个母亲的每个孩子都是这样,都要这样成长,妈妈也是这样长大的。只是妈妈应该高兴你长大的情绪里,怎么突然有了一些忧郁?我这是怎么了?这像树木在阳光雨露中成长的很自然的事情,怎么使我有些淡淡的失落了什么的忧虑?夜已经很深了,外面的风都吹到很远很远的地方去了。妈妈在你要离开她的每一个夜里都没有睡意。

让我再抚一抚你软软的头发,再拍一拍你小小的肩头,再握一握你小小的手。你在我的眼睛里永远是一个孩子,永远有一个带小字的名字。

孩子,太阳照亮窗户了,背起你的书包下楼去吧,爸爸在等着你。你现在还不能明白离开爸爸妈妈意味着什么,你还对每一次成长都充满了好奇。你对我说了声"再见",走下去了。你扶着弯弯的楼梯,书包遮住了你小小的背。你拐过大院的楼角了,我看不见你了,秋天和金色

会发光的孩子 | 27

涌满了我的眼。你会由此再走向中学、大学，再走向工作岗位，你将会因为生存的需要，而去适应社会，与亲爱的爸爸妈妈疏远了吧？

我倚在门边。我看到岁月突然加快了流逝，往事正在一片片远去，而流逝、远去的仿佛都是我身体里最宝贵的。我像是空了。我的心跟着你一步步走去了。

我生命的一部分只剩下了壳，曾经孕育、养育过你的壳。一间住过孩子的母亲心灵里的屋子。

我记起了我为你讲过的河狸的故事。在清澈的河汊里，河狸妈妈和河狸爸爸辛辛苦苦地造房子、生产，然后哺育生下的小河狸。小河狸慢慢地成长着。有一天，河狸妈妈却用尖利的牙齿驱赶着小河狸，把它赶到了另外的一条河汊里，让它自己去谋生，去建一个自己的家。孩子，想到这个故事，我涌出了泪水。也许很多事情的形式背后，都有着相同的目的，也许天下所有的母亲都本能地要求孩子：成为你自己吧，母亲会在你之前衰老无力的，不可能呵护你一辈子。

在你开始走向丰富绚丽的自我之路时，正是年龄开始带给我衰弱和茫然的时候。我感到我开始需要你了，需要一个清新的生命带来的活力。我也早就看到了比我更衰老的父母。孩子，告诉你这些，会使你的生命里充满情感。

鸟儿都飞向高阔无际的天空了吧？我抬头问着自己，低头看着自己。我倚着门站在这里。孩子，我是你童年的屋，是你走向异国他乡时的老家与故乡，是你生命的来源与开始的地方，我永远在这里等你。

等你需要时，回来居住。

一个小男孩的第一次迟到

每个小孩子都在经历着人生的一个个第一次,他们就在这些第一次中思索、认知、领悟、成长着。自然,他们也会在一些第一次中不知所措和受到挫折,在心里留下为难的阴影。无论怎样,引导好这些第一次,对于他们的人生很重要。

一个阴沉的雨雾天,我在公交车上看到一个七八岁的小男孩正经历着他的第一次迟到。

这个胖嘟嘟的小男孩正好坐在我的身边,一个三十多岁的男人在与他对话。我想这个站着的男人也许是小男孩的父亲。

"这车走不动,咱要迟到了。"

"老师会批评我的!"小男孩想到了迟到带来的后果。

"我打电话让你妈妈跟老师说说。"男人掏出手机给孩子的妈妈打电话,听得出那边的妈妈像是觉得没必要。男人便劝说她:"现在快八点半了,我们肯定会迟到。你还是跟他老师说一声的好,也是对老师的尊重。要不你把老师的号码发我手机上,我给他老师说一声……"

"我妈妈跟老师说了吗?"小男孩焦急地盯着问。

"你妈妈说不用呢。那你到了学校,自己跟老师说说吧,你就跟老师说对不起,今天爸爸有事,是姑父送的你。咱七点就出门了,下雨车慢，迟到了，没有办法，老师会原谅你的……"

噢，我这才知道，这个男人不是小男孩的爸爸，而是他的姑父。他极为耐心地对待孩子妈妈和孩子的态度一时打动了我。他是一个很懂事理和教育的人呢。

"好吧。"小男孩不情愿地答应着。

"你以前迟到过吗？"男人问。

"没有。"小男孩回答。

"你这是第一次迟到，一定跟老师好好说说，说说你迟到的原因，老师一定会原谅你的。"男人叮嘱着。

"好吧。"小男孩很为难，但还是答应下来。

"你老师叫什么名字？"

"金辉。"

"老师厉害吗？批评过你吗？"

"没有。"小男孩肯定地说。

这路公交车是直接通往火车站附近的一所小学校的，那是一所有很多打工子弟的小学校。前几天，我请一位在大学工作的老师在那里为女孩子们讲过《度过美好的青春期》。

"你这么会教育孩子呢！"我由衷地夸赞这个男人。我想到很多忙碌的父母，他们根本就不重视在日常生活中教育孩子，不知道在孩子经历第一次的时候，正确地引导和帮助他们去理解一些事理。

"他爸爸今天有事，叫我送孩子上学。下雨，这车太慢了，我们就迟到了。"男人不好意思地冲我笑笑，笑容憨厚，但言语中可以看出是一个极通达并且极有耐心的人。

男人跟孩子继续着他们的对话。我在拥挤的车上思考着，这个小男孩的第一次迟到，有幸是与他姑父一起经历的，他们虽然迟到了，但是他学到了第一次迟到的解决方法。这是一种即时的学习。只是小男孩的父母，大概在家庭教育中是属于忽视型的，因为他们根本没有想到孩子迟到了，家长除了应该主动给老师说一声，还应该教给孩子一种迟到以后与老师沟通、说明的方法。而如果这个小男孩的很多第一次，都这样被父母忽视了，他就难以在成长中正确地认知和增长生存的能力。

雨雾依然像灰暗的纱罩笼罩着城市，车一辆紧挨着一辆，公交车蜗牛一样一点点向前开着。

我在继续深想着，在这个事件背后那位没有出现、在年幼的孩子迟到为难时说不用给老师打电话解释的妈妈，会是怎样的一个人？她平日跟孩子的交流又会是怎样的呢？

父母的食物

每次回济南，母亲总要去买一些葡萄、火龙果、杧果、荔枝等让我带上。母亲年迈了，她能去的地方就是菜市场，能够买到的好东西就是这些水果了。

"你别再买了，北京到处都有呢。"我这样说。

但我也总是在儿子回学校的时候，让他带上几块家里的煮牛肉、炸鱼、巧克力等。他也是不肯带，我有时就偷偷塞进他的书包里。说起来，我让孩子带的这些东西也是食物。

食物？莫非天下父母们习惯给予孩子的都是食物，食物就是他们对孩子表达的最爱？我认真地思考着这个问题。

食物一直是生物生存的第一所需。

在生物的世界里，父母养育后代的最重要功能就是提供食物，为他们哺乳、喂育、外出觅食。大树上的雌鸟与雄鸟总是轮流外出，衔回昆虫喂进雏鸟的嘴里；人类的父母，基本目标是能够一日三餐，为成长中的孩子摆上充饥的蔬菜、水果、富含蛋白质的肉类。在食物缺乏的时候，有些父母是在孩子吃尽食物以后，自己只喝上一碗白水。

美国前总统艾森豪威尔的父母育有七个男孩，要填饱这一群孩子的肚子可不是一件容易的事情。父母每天都艰难、忙碌得像打仗一样。父亲一早就出门谋生去了,母亲艾达与奶奶则开始制作黑面包、挤奶、煮土豆,还要吩咐一个个孩子去打草、喂牛、铲粪、读书。等到中午,把食物摆上一张长桌子,饥肠辘辘的孩子们狼吞虎咽地吃起来,大人们也都筋疲力尽了。有食物的时候还好,食物不足的时候,艾达看着营养不良、不时生病的孩子们,心里就像刀割一样难受。艾森豪威尔好几次看到母亲几乎因为饥渴、劳累而晕厥过去。

即使在经济富裕的家庭里,要让孩子吃得安全、均衡、营养丰富,父母也颇费心思。

孩子们很快就会成长起来,他们开始到外地求学、打工了。这时候,每当他们回到家里,父母要做的首要事情,依然是为他们做好饭吃。即便是那些留学在外、吃惯了西餐的孩子归来,父母们也搜肠刮肚地回忆他们童年时喜欢的食物,一样样地端到他们面前。

一位中国的父亲去美国看望儿子一家,大包小包地带足了儿子童年时喜欢吃的食物,还带了些精心挑选的花椒、姜粉等调料,准备到了那里,给儿子一家做上一大桌子中国菜。到美国的第二天,儿子、儿媳上班以后,老人就忙碌开了。儿子、儿媳下班回来,丰盛的饭菜已经摆到了眼前,但儿子尝了一口后说:"爸爸,在国外这几年,我已经习惯了西餐,你做得这么油腻,谁吃啊!"小孙子也吃不下中国饭菜。儿子、儿媳竟然放下碗筷,带上孙子,出门吃西餐去了。

在我长大成人走向远方的记忆中,每次回去看父母,他们也总是忙碌着买菜、切肉、包饺子,做我童年时最喜欢吃的食物。而在离家的时候,总是天还未亮,就能听到父母蒸、煮、煎、炒的声音,他们恨不得把家里所有好吃的食物,都让孩子带上。

我每次带回来的水果,一路颠簸之后,都不再新鲜……但这是母亲的心意，它被寄托在这些食物上。而除此之外，已经年老并且俭朴了一生的母亲，还能为儿女们做些什么事情呢？还能有什么最好的东西给予他们呢？

有一则这样的公益广告，它一定是事实的记录：一位患有阿尔茨海默症的已经忘记了很多事情的父亲，在餐桌上吃饭时，把盘子里剩余的两只饺子装进了口袋，边装边肯定地说："我儿子最喜欢吃饺子了！"

我癌症晚期的老父亲，有一天悄悄地在厨房里忙碌了一下午，做了一桌子的饭菜。那是父亲最后一次为我们做饭，他知道自己将不久于人世了，他要尽力为子女再做一点儿事情。

每当想起这件事情，我就会泪如泉涌。

哺育孩子，不只是父母的一种习惯，也是一种本能了。这种本能衍生着人类无私的关爱与恒久的奉献。

在我们年幼懵懂的岁月里，一顿好饭就能够让我们满足和快乐起来；在父母年老的岁月里，也请理解这种通过食物表达的深爱吧，它们看起来简朴，却是漫长人生的基础与必需。

父母与孩子的亲情专线

每个家庭都是不同的,父母与孩子也都有一些特别的联系方式。

记得儿子童年时,有一天下午,我陪他跟院里的一群孩子在草地上玩丢沙包。我们玩着玩着,一个六岁的女孩突然说:"阿姨,我妈妈喊我了,我要回家啦!"

可是我和在场的其他孩子并没有听到她妈妈的喊声。

"你妈妈在哪儿?我没有听到你妈妈喊你呀!"我还有些为她担心。但我刚说完,真的就传来了这个女孩妈妈的喊声。

"珍珍,回家啦——"

"我妈妈每天这个时候都会从窗户喊我。"珍珍说着,向家里跑去。她已经习惯了母亲在特定的时间、地点喊她回家的方式。

过去的时代,在我国胶东一些僻远、落后的山区,曾经有一个特别的风俗,父母与出远门的孩子联系,就是父亲或者母亲在除夕的夜晚,端一碗饺子到院子的水缸前,对着清净的水面呼喊孩子的名字,据说千里之外的孩子就能听得到。

其实这不是什么迷信,也不是出门在外的人真的能听到家乡亲人的呼喊,而是父母与孩子已经建立起的血缘联系,使他们能够在同一时刻互相思念,使他们仿佛能够彼此感应到,就像听到了亲人的呼喊与回应一样。

我有一位老师，年轻时在北京求学，知道母亲总是站在江南家乡的村头，向着北京的方向想念他、为他祈祷，他便也时常向着家乡的方向想念父亲、母亲。有了电话以后，他每周都与父母通一次电话，他说："在我心里，与父母有一条联系的专线，它永远也隔不断。"

是的，父母与孩子的沟通、交流，都应该有这样的一条专线，它们根据不同家庭的不同情况建立起来，而亲情与深厚的关爱，使它们即使在天涯海角，也永远隔不断。

我们有手机可以打电话，有汽车、火车可以乘坐，有邮箱可以收发电子邮件。我们也总有特别的沟通、联系方式来传达对孩子的招呼与亲情。

这条专线，要在孩子年幼的时候就开始建立。父母要让孩子逐渐地了解家庭成员之间的亲密、依赖关系，了解父母的人生观念以及对孩子的一些学习、生活、做人的要求等。这样的关系能使孩子有了重要的事情以后，首先想到要告诉父母，并且什么话都可以直说。

这条专线要适宜孩子的生活。在孩子上中学、大学或者留学以后，父母一般应在课余时间与孩子联系，在冷暖变化或者有重要的事情时与孩子联系。有些孩子喜欢打电话，有些喜欢看信，有些喜欢视频，父母可以依照孩子喜欢的方式，来建立沟通联系的方式。

有一天，我看到家属院里一位年轻的母亲，用腰凳将还不会走路的孩子面朝前缚在胸前。这种方法与传统抱孩子的方法不同，孩子面朝前坐着，母亲能够省力，还可以腾出两只手来提东西。只是那面朝前的孩子，由于悬空着，手脚碰触不到母亲的身体，似乎很不愿意，他挣扎着，大声啼哭着。我走过去跟那位母亲说："你还是尽可能用两手把孩子抱在怀里吧，让他感觉到母亲的体温和气息，看到母亲的脸，这对他来说会更安全、更温暖、更亲密一些，也便于你跟孩子交流。"

听了我的话，那位母亲一脸的不以为然，但因为孩子哭闹不止，她还是把孩子抱到了怀里。孩子一被母亲抱在怀里，就脸贴着母亲的前胸，再也不哭闹了。

我举这个事例是想说明，父母要尽可能依据孩子适宜接受的方式来建立沟通联系的专线，而不要只是为了省心、省力。

我在儿子离家上大学以后，每年都在他的生日和一些重要节日，给他邮寄一个小礼包，在里面放上几样他从小喜欢吃的小食品，有时也放一本他喜欢的书、一件他需要的衣服等。儿子没有跟我说过他收到礼物时的心情，但我听到过他的一个女同学说："我妈妈给我寄东西很麻烦，但每次收到，我心里都暖暖的。"

其实，在孩子离家远行以后，不只是父母需要与孩子沟通联系，孩子也需要来自父母的一些信息。他们懂得更多的情理了，也有责任关爱父母了。

所以，父母与孩子沟通联系的这条专线，可以有多种多样的方式。可以不用电话，也不需要写信，甚至不需要表达出来的语言，它们是父母与孩子之间特别的语言、习惯、感应与默契，这里面深深地融进家庭的关爱、气息与亲密。

父母与孩子联系的时候，甚至可以开开玩笑，特别是在孩子生活困难、有压力的时候。我的一位同事是一位身体壮硕的母亲，孩子童年时玩家庭游戏，她总是在《拔萝卜》中扮演大萝卜。一晃二十年过去了，她儿子到英国留学了。有一天他把电话打到了办公室，我接起来听到他问："大萝卜在吗？"而他的母亲接过电话去就回答："我是大萝卜呀，儿子，什么事……"此后，大萝卜专线就成为我经常向这位母亲提起的美谈。

所有互相关爱的父母和孩子，都建立起一条这样的专线吧，它们能够让我们在分居异地时，在无数信息穿梭、交汇的时空，有序地传递我们和孩子的生活信息，特别是关爱和亲情。它们也是一条条新的脐带，联结着父母与孩子，为孩子输送生存的信息、动力与营养；而孩子也会经由这条专线，把他们学习、成长的信息传递给家人，并且在逐渐懂事以后，也传递回他们对父母的关爱和养育的回报。

贰　向着美好成长

我们人类的生存，需要自然的青山、绿水，需要家庭的亲情、伦理，需要社会的公正、安宁，需要世界的和平、文明，甚至需要宇宙时空的稳定、有序。它们都是我们的美好与向往。

啃书的小书虫

认识了五百来个汉字以后,儿子就开始了他的读书生活。一些半画面半文字的童话书,以前他只能看画面,由于现在认识了文字,他基本上就能够看懂这些童话书了,自己也感觉更有意思了。他一本接一本地看,站在桌边看,趴在床上看,上卫生间也要拿一本书看。有些书拿着很重,他就放在地上看。

后来我为他买书,就只买那些简装版的。我跟儿子开玩笑说,这样的书表面看比较简单,但是里面有金和玉呢。儿子已经能够领会那个"金玉其外败絮其内"的故事了。为儿子买书,我也总是挑选那些对他有益处的,几乎每一本书,我都要先大致地看上一遍,才买下来。回家以后,在交给他以前,我还要再读上一遍。直到现在,儿子读的每一本书,我几乎都提前读过了。只有他外出时自己买的几本科幻故事书,我没有读过。

我带他到办公室里,只要塞给他一本书,他就会安静下来,坐在一个地方,半天没有一点儿声响。

他有时候看书看得不肯吃饭,我做好了饭,摆在桌上,一遍遍地叫他,他就是不过来吃。他看到了热闹的地方放不下来。睡觉前他也看书,看着看着来了精神,你不熄灯,他绝不睡觉。

在家里，我会把一本本好书介绍给儿子，儿子也会把他读过的有意思的情节说给我听。我们经常谈论书里面的人物和故事，有时候就选一本书中的一部分，让一个人来读，读完了一起来评论。

旅游的时候，我们一家三口，每个人也总是要带上自己的一本书，空闲的时候，各人看各人的书。

儿子放不下书的时候，我一遍遍地喊他，他就会很烦。他说他很想变成一只小虫子，趴在书里面，让我看不到他。我说他也真像一只啃不完书的小书虫。

他后来就口述，让我帮他记下了一篇《小书虫》。

这篇《小书虫》，发表在我们这座城市的晚报上：

每个人都有自己喜欢做的事情，我最喜欢的事情是看书。

我们家有一间书房，书房里有满满的两大排书橱，这些书大部分都是爸爸妈妈看的，只有一个书橱的最下面一层放的是我的书。虽然我的书在书橱里只摆了一层，但是爸爸妈妈的房间里，也有我的书，桌上、床上都摆满了我经常看的书。另外，爸爸妈妈的书里也有一些我喜欢看的书。我估计，我的书全部算起来，大概也能装一马车。

每天哪怕只有一分钟的空闲时间，我也要跑到书堆里去看书。有一些书，我已经看过好多遍了，但它们百看不厌，我总是还想着去翻看。我喜欢看的是漫画书、故事书、科技书和一些我自认为有趣的书。有一些没趣的书我就不喜欢看。我最喜欢看的是惊险故事、探索故事和兵器书。《汤姆·索亚历险记》和《哈克贝恩历险记》这两本书，我看了至少有五遍。《爱因斯坦的故事》我也很喜欢，我想象自己坐上了时光旅行器在宇宙中穿行。我还看了一套二十世纪人类的发明创造故事书，这套书有二十本，几乎每本我都仔细看过，我从里面学到了许多知识。我知道了咖啡是谁发明的，知道了爱迪生并不是第一个发明电灯的人，还知道了人类是怎么登上月球的。我还知道了螺旋藻是营养世界的冠军，它里面含有百分之六七十的蛋白质，还富含各种微量元素和维生素。科学家认为一克螺旋藻等于一千克蔬菜的营养总和，但我不知道它为什么含得这么多。我还知道了西红柿又叫番茄，它原来是生长在美洲的一种野生植物，人们都认为它有毒，后来才被当作了食物。因为它又红又圆，非常漂亮，法国人又叫它"爱的苹果"。

我总是一看书就把时间这个词给丢了，经常忘记了吃饭、睡觉、做作业。于是，妈妈就经常催我。我沉迷在书里，总是说"马上"，或者是"再看这一个"。其实，我这是在骗妈妈。妈妈走后，我又多看了好几个故事。后来，我的诡计被妈妈识破了，妈妈有一次就夺走了我的书。我很生气，就跟妈妈闹了起来。这时候，我总是恨不得自己变成个小虫子，让妈妈看不见，好继续看书。于是，妈妈就叫我"小书虫"。

我这个小书虫虽然有时会忘记时间，耽误了一些事情，但我也从书中得到了大量的知识和乐趣。我觉得看书没有坏处，只要安排好时间，就能既学到知识，得到乐趣，又不耽误事情。我以后看书的时候，要先把时间这个词找回来再看。我觉得当个小书虫还是挺好的，我要继续当小书虫，从书中汲取营养，以后再变出许多对人类有用的"财宝"来。我很想当一名宇宙科学家呢！

寻找真理

荷兰漫画家古尔布兰生在他的《童年与故乡》里，画他小时候光着腿走进草丛里。那草比他都高，挡住了他的视线，草丛就是他眼前的大森林。

这幅漫画的意思是说，小孩子看问题的角度跟大人是不一样的。

大人看到汽车会想到大气污染、上涨的油价以及交通安全等，小孩子却会把汽车当成玩具或者动物。

儿子两三岁的时候，看着汽车满街道地跑，前面还有车灯，还会鸣叫，就把它们当成了动物。

但是这样的认知一晃而过，很快他就有了很多关于汽车的准确知识，甚至比我知道得还多。当一辆辆样式特别的汽车从我们身边驶过，我都要向他请教是什么牌子，他能够一一地说出那些汽车的标志。

小孩子在生活的经历中，一天天一点点地认识着事物，提高着能力。他们由无知逐渐地掌握了很多的知识。

在认知的过程中，他们首先看到的是现象，然后就会好奇和不解地提出很多问题，问这是什么，那是什么，为什么会这样。看到的现象多了，他们就会把相同的事物进行对比，发现它们存在的差异与特性。

在孩子的认知过程中，父母如果能够耐心地引导他们，保护他们的好奇心、求知欲，让他们养成思考的习惯，就会让他们的知识越来越多，并且受益一生。

儿子很小的时候，不知道什么是对什么是错，还没有是非观念。比如，他无意中把一只杯子摔到了地上，杯子瞬间就碎成了无数瓷片，他很好奇。他会故意再把另一只杯子从桌子上推到地上，听它的响声，看它的碎片。

儿子的爸爸在儿子做这些事情的时候，会大声地斥责他，有时候斥责不起作用，就会动手在他的背上拍打两下。爸爸很生气，儿子也不高兴。儿子也看到过大院里有一些父母狠狠地打骂孩子、幼儿园里的老师批评孩子，所以七岁的时候，他就让我帮他写下他心里的疑问：

我有几个问题总是理解不了：为什么大人能骂人，小孩就不能？为什么大人能打人，小孩就不能？为什么大人能批评小孩，小孩就不能批评大人？为什么大人撒谎行，小孩就不行？为什么大人不小心做错了事就行，小孩就不行？为什么大人说话不算数行，小孩就不行？有时候，爸爸说一些粗话，我说他，他却说他没有说，可是我说脏话的时候，大家都批评我，我还找不出反驳的理由。有时候，爸爸妈妈批评我，我却总觉得我是对的。有时候，爸爸妈妈说话不算数，我说他们，他们却满嘴都是理由，但是我说话不算数的时候，他们就强词夺理。还有的时候，爸爸妈妈不小心做错了事，我原谅了他们，可是我不小心做错了事，却会受到批评。

你说这都是为什么？你说这公平吗？

儿子开始思考这些人的不同行为问题了,他想找到正确的解释。

上小学的第三天,学校上了一堂劳动课。下午放学回来,儿子跟着我从山坡上走回家。他边走边看着路边的树木和野草说:"老师说劳动创造了一切,对不对?"

我一时不明白他的意思,没有直接回答。我只说劳动创造一切是一个叫马克思的人说的,这个人写过一本《资本论》,影响还挺大呢!

劳动能创造一切吗?儿子一定是带着疑惑思考过这个问题,他连珠炮似的说出了一串怀疑和否定:"人是劳动创造的吗?大自然是劳动创造的吗?这野草,这悠悠的花香,这山上的石头,是劳动创造的吗?人也是大自然的一部分啊。"

"是的。"我解释说,"说劳动创造了一切,是说人创造了丰富的物质世界,比如你背的书包、我们吃的小食品、山上这些楼房,还有你每天上学学习的一些文化知识等,没有劳动就没有这些。当然世界上的一切,并不能完全地说是劳动创造的,比如你刚才说到的人、野草、悠悠的花香和山上的石头,还有天上的太阳、月亮等。所以说劳动创造了所有的事物,是不全面的,是一种特指。"

儿子不再说话了,他又陷入了思索之中。他开始思索一个重大的人与自然的关系问题。而人是大自然的一部分,是查尔斯·达尔文在物种进化中提出来的。

一个六岁的孩子能找到真理吗?

我们居住的大院里,有一个喷水池,放学回来,孩子们都喜欢在水池旁边玩。夏天的时候,这里常聚集着一些喝水的蜜蜂。有一次,一个男孩追打蜜蜂的时候,另一个男孩阻止他,说蜜蜂酿蜜,是人类的朋友。儿子便反问那个说蜜蜂是人类朋友的男孩:"要是它蜇了你呢?"

男孩被噎住了，他还没有想过这个问题。

回家以后，儿子便查资料。蜜蜂的问题让他陷入了一种两难的意识，他问那个男孩的问题，其实也是在问自己。蜜蜂与人类到底是什么关系？是朋友还是敌人？他想找到真理一样的解释。

他查了蜜蜂，又查什么是真理：

>真理就是真实的道理，是客观事物及规律在人意识中的一些正确反映。

面对生活中的事物，去思去想，是一个孩子增长智慧的过程。在思想中，他们分辨着、认识着，逐渐地接近事物的本质。他们在越来越多的认识中，知道了哪些事情应该做，哪些事情不应该做，怎样才能够把事情做得更好。

成长中的孩子，肯定不是一下子就能解决心中的所有疑问、寻找到真理的。所以，在他们提出问题的时候，我们要耐心地帮助他们，鼓励他们去思考。

家庭辩论会

我们家有很多书，书橱里、床上、阳台上、卫生间里都是书。俗话说，书山有路勤为径，学海无涯苦作舟。

我们全家都喜欢读书，还把读书当作一种享受，谁读了一本好书，便忍不住想与别人分享，寻找一些共同的感受。儿子的爸爸这两年研究一些哲学上的问题，便经常在吃饭的时候，提出一些简单的命题来，让儿子跟他辩论，比如"人与动物的根本区别是什么""金钱是不是万能的""阿基米德能不能追上乌龟"，等等。在辩论中，儿子逐渐学会了使用有利于自己的论点和论据，不断地增强自己的思维能力和表达能力。他总是先凭着直觉判断一下要辩论的问题实质是什么，然后再选择正面和反面的理由，来肯定自己、否定对方。

一个周末的下午，儿子看了一个有关人类利用生化技术制作人体器官的电视节目以后，提出要跟爸爸辩论"人能不能战胜大自然"的问题。我就赶紧收拾好饭桌，拿出话筒来，让他和爸爸分别坐到沙发的两边，开始辩论。

"你相信人能够战胜大自然还是不能？你选哪一方？"儿子问爸爸。

"我相信人能够逐步地改变和战胜大自然。"儿子的爸爸做出了选择。

"我正好相信人是不能战胜大自然的。"儿子高兴地说。

每次辩论，都是我做主持人兼裁判。我就辩论的一些问题做了说明："今天晚上，我们进行家庭辩论会，由儿子和爸爸就'人能不能战胜大自然'这一命题进行辩论，儿子是正方，正方的观点是人是不能战胜大自然的。爸爸是反方，反方的观点是人能够逐步地改变和战胜大自然。下面辩论正式开始。"

我刚说完，儿子就迫不及待地提出了他的问题。他提问题的表述很专业化，很像我们在电视上见过的那些辩论家。

"人类能不能战胜大自然呢？我的观点是人类是不能从根本上战胜大自然的。人类永远是大自然的一部分，是大自然造就了人类，让人类得到了发展。如果人类违背了大自然的话，大自然就会向人类反扑（儿子使用了'反扑'这个词），让人类感觉到大自然的威力。请问反方对我的观点有什么疑义？"

爸爸清了清嗓子说："正方提出的问题很有道理。但是正方在说明自己观点的时候，忽视了一个问题。这个问题就是为什么同样是大自然的造物，人类要比其他的生物更聪明、更有智慧呢？人类虽然没有发展出尖牙利齿，但是人类捡起了树枝，制造了工具，并且一步步地发展起了文化，战胜了其他的生物。人类还制造各种机器，有了空调，有了电脑。从这些方面来看，人类是在一步步地改变和战胜自然的。"

"那么请问反方，人类的文化给人类带来了什么好处呢？在原始社会，人们还互相帮助，共同生活，没有私有财产。后来人类有了文化，有了剩余的财产，反而非常自私，使用起奴隶来了。人类的聪明和智慧，使人与人之间互相嫉妒，小心眼，竞争，道德败坏。人类有了机器，光想着获取，不知道爱惜资源，造成了环境污染。总有一天，人类会被自己毁灭的。请问反方，这不是大自然最终对人类的反扑吗？这不是大自然战胜了人类吗？"

儿子真有点儿语出惊人，作为一个孩子，他的表述虽然还有些幼稚、简单，但是他的知识和思想都已经很超常了。而且他还讲到了道德，我特别注意到了这个问题。我想，儿子怎么这么小就有点儿维护起"道德"来了呢？

因为有老师的家访电话打来，我们暂停了这次辩论。

第二天晚饭后，儿子提议接着进行昨天的辩论，他说要不是昨天老师的家访电话，他一定会把爸爸辩得无话可说。

儿子的爸爸也很得意，他说他辩儿子还是绰绰有余的。

我站在主持人的角度说："你们两个人，各有优势。爸爸的论证比较老到、从容，儿子的论证虽然不严密，但时有惊人之处，相对于他的年龄，已经是超常发挥了。"

我们准备好了话筒，打开录音机，马上就进入了辩论之中。

"达尔文说，人类是由生物进化而来的，人类一直还是一种生物。这种生物生活在大自然中，同其他的生物一起组成了大自然，请问反方，大自然的一部分怎么能说自己不是大自然了，说自己战胜了大自然呢？有段相声叫《五官争功》，一个人的鼻子怎么能说它战胜了五官呢？"儿子向爸爸发问。

"正方这一点就不知道啦，人类由生物进化而来，就是说人类已经不是简单的生物了，已经有能力控制其他的生物了。而人类还在一步步地控制月球、控制自然的规律。过去冬天吃不上蔬菜，现在蔬菜种在大棚里，一年四季都有蔬菜吃。请问正方，人类还有什么不能控制和战胜的？"

"反方太孤陋寡闻了,我在《百科知识》里面曾经看到过,蚂蚁也能在洞穴里种食物。很多动物能干的事情,人类都不知道。恐龙强大过吧?但是它们在地球变动的时候灭绝了。人类还不知道宇宙的边缘在哪里,怎么能说自己能够战胜那些不知道的事物呢?"儿子提出了"人类是一个小概念,而宇宙是个大概念"的问题。

"人类原来不知道月球,现在已经登上了月球。总有一天,人类会一步步了解所有未知的事物,并且战胜它们。"反方很有信心。

"人类了解大自然,是为了向大自然学习,而不是为了战胜它们,也不是为了消灭它们。人类向鸟学习,制造了飞机;向变色龙学习,制造了迷彩服。人类要是完全改变了大自然,大自然被破坏了,人类生存的环境也就被破坏了,就不能生存了。人类破坏了植物,就出现了沙漠;破坏了臭氧层,就对动物、植物造成了危害。人类战胜大自然,破坏自然规律,就是危害自己。人类自己的环境都破坏了,不能生存了,还能战胜大自然吗?"儿子转移了话题,认为反方战胜大自然的说法从根本上就是错误的。

"正方说得很有道理,我也认为战胜大自然,还是要遵循大自然的规律……"反方顾全大局,不再坚持自己的观点。

正方反方的辩论由此便又转到了探讨怎样遵循大自然的规律上去了。这次辩论就在正反方达成一致的目标时,快乐地结束了。

在发现辩论这种形式除了能够增强对一些理论的认识,还能够解决现实的问题以后,我有时便在说服不了儿子的一些具体问题上,想几个题目,让他和爸爸进行辩论。有一次,我让他们辩论"学习与玩电脑游戏的关系"。辩论完以后,儿子才意识到他上了我的当,愤愤地说:"以后要找大一些的题目来辩论,不要找一些生活小事。"

会发光的孩子 | 51

我便想了一个"宇宙与人类的关系"的命题,让他和爸爸辩论。

"有一个人说,宇宙是浩瀚无边际的,而人类只是一种偶然的生物,微不足道。这个人为甲方。另有一个人说,人类的感觉是重要的,所有的事物都是人类意识的反映,否则就没有意义。这个人为乙方。你们俩就这两个人的基本观点开始辩论吧。"

"你先选吧。"儿子让爸爸先选。

"你先,你先。"爸爸又推给儿子。

"好,那我就选甲方。"

儿子不客气了,选完之后,就谈了自己的观点:

"我的观点是人类只是宇宙中的'蚂蚁',是一种偶然发展起来的生物。如果有外星人的话,他们不会知道我们哪一个死去了,哪一个没有死去。我们的生命主要受宇宙存在的影响。人类只能认识到自己看到、听到、接触到的事物,宇宙中有很多的事物,是人类认识不到的,但是它们照样存在。所以人类的认识是有限的,有时候还是错误的。"

儿子的爸爸坚持说:"我认为人类的意识是重要的,没有人的意识,你怎么能知道有些事物究竟存在不存在呢?所以哲学家笛卡尔说'我思故我在'嘛。"

"那你不存在了,宇宙是不是就没有了?"儿子反问。

"我不存在了,我怎么还能知道宇宙有没有呢?就是有,对我也没有意义。"爸爸狡辩道。

"哈哈,哈哈哈哈!有意思,有意思。"儿子拍着沙发大笑起来,他觉得爸爸的观点太可笑了,"那你没有出生以前,世界是不是就不存在呢?你刚才自己还说了'就是有',你这不是自己已经承认宇宙是有的嘛!你自己都承认了,就不用再辩论了。"

"好，刚才我露了个破绽，我重新说。"爸爸承认了他的问题，开始认真对付起儿子来，又重新表述他的观点。

他们接下去的辩论，被我录在了录音带里。在这个问题上，他们辩论的最后结果，好像是爸爸有点儿站不住脚了，因为他选的观点本身就有问题，从一开始他就感到力不从心。

儿子由此喜欢上了辩论，我们家里便不时地上演辩论节目。

他们的辩论不时地引入一些比喻、一些名人的话、一些狡辩，不时地引经据典，也不时地搜肠刮肚，表现自己的智慧，引起一阵阵哈哈大笑。

每次辩论以后，我总是能够感觉到儿子在思维上的进步。他在辩论中表述自己的思想，也通过对方的辩论来完善和发展自己的思想，有时候理屈词穷了，还会赶快去查一下词典、书。小孩子经常是受思想影响的，思想上意识到了的事情，就会做得好一些，而没有意识到的事情，就始终是空白、无知的。

轮流当"家长"

有一天,我因为感冒,没有去上班。我简单地做了午饭:米饭和红烧茄子。

七岁的儿子跟在爸爸的后面回来了。我给他盛好饭,放到饭桌上。他坐下后看了一眼,不满地说:"米饭怎么这样?像稀饭。"

"这样也挺好吃的,你加上茄子,又香又软。"我引导着他。

还没有等我说完,儿子就站起来往厨房里去了。我紧跟着却找不到他了。我又到别的房间里找,也没有。等我再回到厨房,发现他藏到了厨房的饭桌底下。

"快出来吃饭吧,一会儿还要上学呢。"

儿子不出来,也不吭声。我反复地叫他,他才不情愿地出来了。但出来以后,他又躺到沙发上,说他烦死了,就是不想吃饭。

儿子的爸爸有点儿生气,他认为中午没有多少时间,儿子应该回到家洗洗手就赶紧吃饭,不用大人费力气。他一生气,催儿子吃饭的声音就大起来。他的声音大了,儿子更不听了。儿子用两手捂着耳朵,反复地说着"烦死了""烦死了"。儿子的爸爸就用筷子敲了一下桌子,想靠敲桌子来教育儿子。

我对儿子的爸爸说,儿子也许是感冒了,吃不下饭去,而且儿子下午还要考试。我希望他有耐心一些。然后,我又过去劝说儿子吃一点儿饭。儿子却要我向他赔礼道歉,说我做的饭不好吃。我只好对他说了一声:"妈妈没有做好饭,对不起。"

我说了以后,他情绪缓和了一些,开始吃起饭来。他只喝了一碗稀饭,吃了几口菜就完了。他是真的吃不下去。

到上学的时间了,儿子上学去了。我对儿子的爸爸说:"有时候,你不能跟孩子计较。孩子的思维、对待事情的方式,还处在发育和学习时期,我们得慢慢来。如果跟孩子计较,就只会耽误事情。"

我还说当一个家长,管理一个家庭,其实比管一个单位都难。在单位里,对那些捣乱的人,可以用行政手段、经济手段或者其他手段来制约,再不听,还可以辞退,别人用不着为不听话的人考虑什么后果。但是在家里就不一样了,你有时什么手段也用不上,你得每件事情都考虑后果和影响。因为你爱孩子、爱家里的人,所以你就很怕伤害到他们,也很怕他们犯错,怕他们耽误事情,怕他们造成损失。爱,使你对他们负有责任,使你不能不管不问。而你管的时候他们又不听,又各有主张,你就会为此伤心、生气和无奈。但你伤心、生气和无奈的时候,你还得管,你怕因为你不管会造成损失,而家庭里的任何损失,都会让你感到痛心的。

"是的。"儿子的爸爸也不得不承认,因为他有时就让儿子弄得很没有办法。

我边说这些,边进一步认识生活里这些难以逃避的问题,觉着应该想一个办法,来解决好它们。

下午儿子放学回家,我就对他说:"你在家里,是不是不愿意老是让爸爸妈妈管着?"

"不愿意,我喜欢自由。"儿子说。

"其实我也不想这样管你,我管你你不高兴,我也很费心,我每天还有工作、写作、家务等很多事情要做。明天是星期六,不上学了,你说这样好不好,你这两天就来当家长,管着我和爸爸吧?"

"行,那我让你们做什么,你们就做什么。"儿子想得很简单,他也很想管管我们,让我们感受一下被管理的心情。

"你当家长,就要做得比我和爸爸好,你要我们做的事情要合情合理。你还要负责任,不能忘了一些事情。比如,早晨都是我叫你起床,明天早晨,你就得自己早起来,然后再把我和爸爸叫起来……"我说了很多对家长的要求,儿子以为不成问题,都痛快地答应了下来。

第二天,他就"走马上任"了。他在我醒来的时候也醒了,我提醒他今天是他当家长,他便去叫爸爸起床。然后,他叫我去做饭。我说我现在想玩,不想做饭。他只得去叫爸爸做饭。爸爸服从了他的命令。

饭做好了,端上了饭桌。我看了一眼说:"我想看书,现在不想吃饭。"

"你什么时候吃啊?"儿子急切地问我。

"反正我不想吃。"我故意捣乱。接下来的一些事情,我也都给儿子捣乱。儿子的爸爸则扮演了一个听话、顺从的角色,让儿子也感觉一下家长管理的效果。

一上午,儿子都不停地忙来忙去,我不干的事情他不得不亲自去干。我还让他为我倒水、拿水果、找衣服,做一些他从来没有做过的事情。

后来,他拿起一本书来看,就忘记当家长的事情了。

我过去提醒他今天是他当家长时,他生气地说:

"我再也不当家长了!"

"那谁当啊?我也不想当,爸爸也不想当。"我故意说,让儿子明白当家长不是一件容易的事情,"你这会儿知道了吧?不管谁当家长,都是很辛苦、很不容易的,所以不当家长的人,应该尽力地配合家长,是不是?不能光凭着自己的性子来。比如你做好了饭,我却不肯吃,你就得再叫我,饭凉了,还要再去热。你是不是就会很烦?"

儿子听着,感觉当家长真是很辛苦、很不容易的。他开始理解家长这个"职务"了。从这以后,他在家里的任性就少起来了。

在幼年的成长时期,小孩子是只有自我感受,不理解别人的。他们也没有时间概念,联想不到其他的事情,所以他们做什么事情都由着自己的需要和兴趣来。让他们换一下角色,从别人的角度去感受一下,是一个帮助他们成长的好办法。

一天早晨,我看到一位母亲在学校大门前抹眼泪。她说每天早晨给孩子做饭都为难死了,面包不吃,面条不吃,鸡蛋也不吃,孩子饿着肚子就来上学,她又心疼,又没有办法。她家是个女儿,穿衣服也挑剔,经常因为换来换去的就吵闹起来。

有这些行为的孩子,一般都是家庭条件比较好、父母比较娇惯的孩子,他们只有自己的存在和需要,而没有学着去理解环境、理解周围的人。在学校里,他们也不容易理解同学和老师。家长一定要早一些认识到孩子的问题,经常对他们讲一讲不同的生活,讲一些艰苦的环境、不幸的人,让他们能够在满足自己的同时,也想一想别人,能够知道并不是自己需要什么,就能够得到满足的,而且有时候,自己的需要还会与别人的需要发生冲突。这样的换位,就会让他们逐渐地改变自己,变得善解人意,与环境、与别人都协调起来,并且能够逐渐地帮助别人。

所以,当孩子不理解父母、让父母感到为难的时候,用一用这个"轮流当'家长'"的好办法,会很有效果呢!

坚持滑下去，就能学好

深秋了，树木开始凋零，野草也被秋风吹得枯黄了。路边的蚂蚁们四处寻找食物，然后急急忙忙地拖着抬着往回走。我带儿子走山路的时候，看到一处露天的旱冰场上有一些孩子在滑旱冰，他们穿着旱冰鞋，戴着防护帽，像一只只贴着地面飞行的蜻蜓，有的孩子还能滑着滑着突然来一个急转身或者腾空跳跃起来。

小孩子总是容易羡慕同龄人的一些时尚行为。儿子看着那些滑冰的孩子，忘记了走路。

"给你买一双旱冰鞋吧？"我问他。

"可我不会滑。"儿子还不知道人世间所有的技艺，都是可以学习的。

于是，我们就决定去旱冰场学滑冰了。我租了一双鞋让儿子滑。我想为了安全，我先不能滑，得跟在后面保护他。但是儿子穿上鞋子以后，怎么也不敢往前走，鞋子滑得很，他不知道应该怎么控制。我扶着他，他的脚前后滑动着，站立不稳，只能靠在我的身上。

我扶着儿子，一时难堪起来。我也是第一次来这里，没有一点儿经验可以传授给他。而且我把滑旱冰看得太简单了，以为穿上了鞋，就会一步步地滑起来，根本没想到还要有一个适应的过程，还要有一些身体的平衡和手脚的运用等规则。我看着不时滑过身边的滑手们，心里在想我和儿子应该怎么办。

我要是现在就去请教那些滑手，他们也停不下来。

我可以去问问那个租旱冰鞋的人嘛。我让儿子坐下等着，跑去请教那个租鞋的管理员。管理员是个年轻的男孩，他自己也滑得很好，但是却说不出一个一下子就能够解决问题的锦囊妙计。他只是告诉我先站起来向前走，慢慢地就会滑了。

我没有取到真经，但顺便又租了一双旱冰鞋，我决定跟儿子一起滑，自己来解决问题。

我换上鞋，也是很艰难地站了起来，也是一点儿也不敢往前走。

我想这样是不行的，我必须勇敢起来，得给儿子做个榜样，让他以后遇到这类事情时，都能够敢于去尝试。我就大着胆子往前走起来。我像走路一样坚持在场地上走了两圈后，真的有了一些经验，鞋子稍稍地听话了，有点儿要滑起来的感觉。于是，我就拉着儿子，让他也试着这样走。但我拉儿子的时候，脚下一滑，摔了一个不算重的仰八叉。我支撑着刚爬起来，又一滑，又是一个仰八叉。

"儿子，你看这滑旱冰都是这样摔，这样腿向前，身子向后，吧唧就摔到地上了……"我把自己的经验告诉儿子。

儿子没有笑，也不敢扶我，只是担心地望着我。他也担心我们这样恐怕学不会滑冰了。

嘿，我们可以扶着墙嘛。我又想了一个办法。我脱下鞋子，把儿子抱到墙边，然后再穿上自己的鞋子站起来。我和儿子扶着墙壁，竟然能够一步步地向前走了。我们边走边寻找感觉，脚步逐渐地稳当起来，腰板也挺直了。

到儿子不扶墙壁也能站稳当的时候,我们就开始真正地滑旱冰了。我在前面,儿子跟着我。我的心颤颤的,我想要是我一个人的话,一定早就当逃兵了。但在儿子的面前,我要坚持下去,要让儿子以后自己做事情的时候,也不怕困难,坚持下去。

儿子走了一会儿,摔了几个跟头之后,步子比我迈得还快了。小孩子学什么就是比已经有了许多定型行为的大人快,儿子很快就掌握了身体平衡的规律,跟头摔得少了,速度也快了起来。

而这时的我,虽然知道了应该怎样去平衡、去滑行,却总是动作笨拙,想得很好,而做起来很差,并且一个不小心,脚往前一滑,身体没有站稳,又是吧唧一声摔了一个仰八叉。

旱冰场是平滑的水泥地面,我感觉一次次的,我的臀部像是摔裂了,头嗡嗡地响。摔得最重的一次,眼镜都摔出了好远,我半天才挣扎着爬起来,手上沾满了黑灰。

儿子依然兴奋地向前滑着,他已经找到了感觉,他已经学会了滑旱冰。

"妈妈,我学会啦!我学会啦!"他兴奋地朝我喊着。

"好孩子,你真勇敢,真聪明。"我也兴奋地喊着,和儿子一起高兴着。我小时候,在摔了无数次以后,终于学会了骑自行车时,也是这种感觉。

不管学什么,都要有一个开头,而开头的时候总是由于没有经验,而感到忐忑和艰难。但是一旦开了头,一点一点地坚持下去,就会学到技巧、积累经验,不知不觉地熟练、从容起来,甚至会感觉它们其实并不艰难。

另外,学习很重要的也在于经历一个过程,是过程引发我们去动手、动脑，增长能力，让我们在终于有了结果的时候，才会如此地激动和兴奋。

十二点时，我们才收了场，因为下午儿子还有绘画课。我们沿着人行道往家走着。

"你下午去给我买一双滑冰鞋吧。"儿子要求我。

"好的，没问题。"我答应着，我知道他已经喜欢上滑旱冰了。

在心里，播下科学的种子

儿子六七岁时，我经常给他讲一些科学家的发明故事，在他的心里播下一些科学的种子。科学是对事物本质的研究、了解、认知，也是解决我们生活中的困难的最好方法。人生中的很多错误，大都是由于无知。在我们拥有了智慧和科学的认知以及方法以后，人生的脚步就会坚定和顺利很多。

记得我童年的时候，假期里有时回父亲的老家去。老家的田野里种了很多的玉米、花生，它们被收到家里以后，一堆堆的，玉米要搓下上面的粒，花生要剥出里面的仁来，才便于贮藏和售卖。

晚上，一家人总是坐在院子里，搓玉米或剥花生。我总是搓一会儿玉米，手上就红肿起来。干这样的活，我也总是耐不住心性。我很想自己能发明一台机器，把带壳的花生放进去，就流出粉红色的花生仁；把玉米放进去，就流出金黄的玉米粒。

其实在我想象的时候，这样的机器就已经有人发明出来了，只是我老家那个地方还没有人知道。

所以在儿子的童年，我喜欢跟他一起阅读一些科技图书，给他讲述一些科学家的故事，让他也对科学发明产生兴趣。

一个春天的晚上，窗外是沙沙的细雨，我给儿子讲法国的生物学家法布尔和化学家巴斯德的故事。

19世纪初期，法国南部出现了一场罕见而又恐怖的蚕疫，蚕一片片地病死，养蚕业一天天地垮下去。法国政府便请法布尔来解决这个问题，因为他是昆虫学家嘛。法布尔建议蚕农们把硫黄、木炭甚至烟灰撒在蚕身上，还让他们用煤油的气味去熏桑叶，但是这些办法都没有遏制住蚕疫，蚕还是一片片地死去。

政府便又请著名的化学家巴斯德来消灭蚕疫。化学与蚕疫好像是风马牛不相及的事情，巴斯德在这以前甚至都没有见过蚕，但危难面前，他没有推辞，像堂吉诃德砍风车一样地上阵了。

巴斯德先到阿维尼翁去拜访法布尔，顺便也实地考察一下。

当时，巴斯德已经是大名鼎鼎的大学者了，而法布尔虽然在昆虫的研究上也很不一般，但他仍然只是一位中学教师，一位业余学者。他没有巴斯德那样的大学实验室和助手，他的实验室是自己购买的一块荒地和里面的一些瓶瓶罐罐，他的助手都是他的家人。虽然他日后在科学上的贡献也不小，但当时他们两人的地位和处境还很不同。

巴斯德请法布尔给自己讲解有关蚕的生长知识。法布尔便将蚕卵发育成蚕，蚕长大后吐丝结茧、变成蚕蛾，蚕蛾再产卵的全部过程，详细地讲给巴斯德听，但他很怀疑巴斯德能够救活它们。他在自己的日记中写道："古代的体育教头们，格斗时都是一丝不挂的。这位专门与蚕疫做斗争的'吉尼亚尔'奔赴灾场时，也是一丝不挂的，因为他对需要从灾难中救出来的昆虫一无所知。"法布尔的玩笑，并不是在讽笑巴斯德，他是从巴斯德身上感觉到了他们共同具有的不受旧说束缚的精神。他接着写道："但巴斯德令我震惊，确切地说，他令我赞叹不已！"

法布尔一边为巴斯德提供材料，一边观察、认识着巴斯德。一位伟大的学者，从另一位伟大的学者身上，发现和学习着某些细微的东西。只是当巴斯德因为要研究酒的加热问题而非要看法布尔的酒窖时，法布尔才为难起来，因为他的酒窖只是一把木椅子上的一个坛子，那里面用红糠泡着一些苹果丝。

"你的酒窖？就是这个？"巴斯德不相信地问。

"是的，毫无办法，我没有别的了。"法布尔为难地回答。

"我的酒窖对来访者的问题无可奉告，但是它雄辩地谈论着另一件事情，只是巴斯德没有听到。他忽略了，他忽略了另一种微生物，而且是最可怕的一种，那就是扼杀人们坚强意志的'歹运'。"法布尔事后又在他的日记里写道。

巴斯德通过显微镜观察和实地研究，最后终于找到了发生蚕疫的根源，他发现在病蚕的表皮和身体内部组织里，都有一种椭圆形的细菌，而健康的蚕身上则没有，蚕的病因就在这多出来的细菌上。蚕农按照巴斯德的要求，把病蚕以及被病蚕吃过的桑叶全部烧掉，蚕疫很快就得到了控制。

这个结果使法布尔相当吃惊，他更为佩服巴斯德了。

我按照法布尔《昆虫记》上的记述来读给儿子听。我把法布尔精妙的比喻和喻义都一一地读了。

前几天，儿子已经听过了法布尔养蟋蟀与巴斯德发明狂犬病疫苗的故事，对他们很崇拜，他已经把他们的故事书全读完了，但我还是问他："你能听懂吗？能知道法布尔所指的可怕的微生物是什么吗？"

儿子开心地笑了。他说他完全听懂了，每一点他都听懂了。他准确地说："就是他的贫穷啊，他没有一个真的酒窖，只能用椅子上的坛子来当酒窖。他真有趣！"

他还要我继续往下讲，但是时间已经太晚了，我不得不停下来，催他去睡觉了。

儿子睡下后，我坐在床边，沉思着刚才给他讲过的法布尔和巴斯德这两位科学家的故事，沉思着这些科学家与科学的故事一定会像种子一样，在他年幼的心灵里生根发芽，长成一些对科学的理解与大思想。

阳台上的宝库

动物们都是各有生存空间的,过于拥挤的空间会让它们发生冲突,过于稀疏的空间会让它们感觉到空旷和孤独。

在家庭里,父母也应该为小孩子开辟一个适合他们的空间,让他们感觉到安全、舒适、自在和有趣,让他们一回家就喜欢去那个地方。

我们家住在一处山坡上,阳台又宽敞又明亮。有阳光的时候,里面灿烂得像一座宫殿;阴天下雨的时候,可以从那里看到乌云和闪电;站在阳台上,还可以越过一片片的楼群,看到远处起伏的山峦。我和儿子经常在阳台上看天上的云、看夜晚的星星,我们还曾经在阳台上看过好几次雨后的彩虹呢。

从小到大,阳台一直是儿子成长的最重要的空间。

阳台上有一张白色的长桌子,桌子上摆满了儿子喜欢的东西:机器人、坦克车、酒精灯、显微镜、望远镜、塑料拼图、吸铁石、重心仪、电子魔块,还有钳子、扳手、试电笔、铁钉子等林林总总的玩具和生活工具。

阳台上还有一些绿色的植物。我贴着墙壁,种了一棵爬山虎,它竟然几年时间就在西面的窗户上搭满了绿荫,然后又沿着顶壁四面八方地延伸。春天,它早早就生出了嫩黄的叶芽;秋天霜降以后,叶子又一天天地深红起来。我们还在阳台上种过土豆、地瓜、草莓、野百合、野菊花。只是草莓在结下二十多颗绿色的果实以后，由于全家人的一次集体外出，无人浇水而枯死了。

儿子一天中很多的时间是在阳台上度过的。他在里面忙忙碌碌的，一副认真投入的样子。他几乎拆毁了所有的玩具车，只是想看看它们里面都藏着一些什么机密。他还拆了两块手表，让它们的指针永远静止下来。他还在里面点火，用铅笔屑拌上打火机里面的汽油，再拌上一些铁钉子，说是要制造炸药，然后又把洗衣粉、食醋、餐洗净等混合起来灭火。

上学以后，儿子依然每天放学回来都要到阳台上放松一会儿，有时候，他就在阳台上写他的作业。黄昏的阳光，总是把阳台涂染得金黄、温暖、宁静，像是一个童话世界。

儿子九岁的一天，在阳台上写下了他的作文《阳台——我的宝库》。

我家有一个大阳台，妈妈把我所有的玩具都放在里面。这里自然就成了我的宝库。每天，只要一有时间，我就到阳台上玩。我把阳台的门关上，爸爸妈妈就不容易看到我和听到我发出的声音了，我感到非常自由和愉快。我特别喜欢在阳台上搞"发明创造"。我在里面拆玩具、做实验，忙忙碌碌的，有趣极了。

有一次，我把一个从旧玩具车上拆下来的发动机装上螺旋桨后，用万能胶粘在一块木板上。我把它放到水里，接通电源，螺旋桨就推动木板在水里行走起来。由于推动力小，它走得很慢，我就叫它慢船。我还把这种螺旋桨粘在一辆小玩具汽车上面，把小车沉

会发光的孩子 | 67

到水里，通上电，让它在水底行驶。我把它叫作"潜水艇"。

有时候，我还在阳台上点火。虽然妈妈再三批评我，说玩火有危险，但是我还是改不了。我觉得火很神秘，很奇妙，总像是里面藏着什么。我把一团滴了几滴缝纫机油的卫生纸，用打火机点燃。卫生纸就剧烈地燃烧起来，释放出一种怪味来。不一会儿，油和纸就都不见了，变成了一堆黑灰。我很想知道，它们到底是怎么变化的呢？

妈妈给我买了一些物理和化学实验用的用具。我一会儿就能把一些电子魔块插好，让一只小喇叭响起美妙的音乐来。我还用蓝色的硫酸铜溶液做化学实验。把一根铁钉放到硫酸铜溶液里，几个小时以后，铁钉上面就长了一些紫色的铜末。妈妈说这是一种置换反应，就是铁钉在硫酸铜溶液里，用它的一些铁和硫酸铜里的铜交换了。这些现象真是非常生动、有趣。

阳台上还有我和爸爸健身用的剑和木棍。我经常拿着它们在阳台上挥舞，活像一个在战场上英勇杀敌的战士。我还在阳台上用原始的方法做弓箭。我用一个晾衣架，拴上橡皮筋，一张弓就做好了。可是这样的弓，效果不是很好，我一直想做一张在电视剧里见过的那种古人用的弓。

我在阳台上干过许多荒唐有趣的事情。从阳台上能看刮风下雨，看星星、月亮，阳台的窗户上冬天还有冰凌。这几天，阳台上又多了一架天文望远镜，用这架高倍望远镜，可以看到月亮表面和太阳黑子呢！我的阳台真是应有尽有，太丰富，太有趣，太吸引人了，它陪伴我度过了许多快乐的童年时光，使我学到了许多知识。我的阳台甚至不比乾隆皇帝的皇宫差。

阳台是儿子的宝库，而家庭和孩子也是我人生的宝库和宝贝。我们每个人都应该拥有这样的宝库和宝贝。我们应该有想象力，有创造力，有深切的喜爱，把简陋的事物也变得丰富、美好，让日常的经历也蕴含深意。

叁　闪耀生命之光

天空中有太阳、月亮，生活中有微笑、收获、满足，这是多么美好！人道主义作家茨威格认为，当人类的群星闪耀时，世界就会光明、和平与美好，而野蛮、暴行与罪恶就会减少。

太阳也许不止一个

一个面对复杂的生存世界，开始思考、认知的孩子，不时地会遇到一个又一个困惑不解的问题，他会提出很多的"为什么"来。

十岁时，儿子升入了四年级，他还是瘦瘦的，满脸稚气，像一个"小毛猴"。小毛猴是数学老师对儿子的昵称，儿子很聪慧，喜欢做难题，学校数学竞赛总是拿第一，数学老师很偏爱他，经常摸着他的头叫他小毛猴。他不怎么笑，而是经常沉浸在自己的思考里，提出各种各样奇怪的问题来。他放学回家总是先跑到阳台上，东翻翻西找找地在他的"宝库"里玩上一会儿，才肯去做作业。做作业的时候，他依然喜欢右手握笔，左手玩着一个小玩具。

有一天，他回家后意外地没有到阳台上去，而是放下书包就十分为难地告诉我："我这次语文单元考试考得不好。"

儿子这段时间痴迷于组装一些飞机模型，我还允许他在家里读了一套《诺贝尔奖获得者的青少年时代》，也许是这些事情多少地影响了他的学习，我一时有些自责，但我还是先接过了他的考卷。

儿子的考试卷子上用红笔标出了好几处错误，我一道道地看下去。等全部看完之后，我心里却茫然、疑惑起来。

在一张卷面上，除了第一个错是因为用修正液涂改后忘记了再填上

外,其他的四个错误分别是:

一、组词:(　　)渐。儿子填了(渐)渐,错了。正确的答案是(逐)渐。

二、形容事物:(　　)的垂柳。儿子填了(碧绿)的垂柳,错了。正确的答案是(嫩绿)的垂柳。

三、(　　)的井水。儿子填了(清澈)的井水,错了。正确的答案是(甘甜)的井水。

四、作文:要求写一件好人好事或坏人坏事。儿子写了他在姥姥家遇到的一件事。楼上有一个人,总是把垃圾包丢在离楼道口不远的地方,而不肯再走几步路丢到垃圾箱里。姥姥经常和楼道里的人猜测这是谁干的。儿子出于好奇,就想侦破这起"案件"。于是,有一天,他放学以后悄悄地藏在楼道的一个地方,想发现是谁作的"案"。但是他始终没有看到有人这样做。也许丢垃圾的人都是在早晨或者夜深人静时"作案"。儿子很失望,因为每天晚上他都要早上床睡觉。但是有一天,他放学回来时,正好碰到了那个扔垃圾的人顺手又扔了一包垃圾。他竟然是楼上一个很熟悉的大个子叔叔。儿子不知道该怎么抓"坏人"了,就在心里想,有些人不讲道德,做坏事,从表面上还真看不出来呢!

儿子的作文写得很有趣,写了一个孩子发现一个大人做一件坏事的好奇心理。我感觉写得很不错,但是老师却给判了个"跑题"。

试卷上连同作文的这四处错误,说起来真是都不应该算错的。但是老师却在统一标准的要求下,只给了儿子一个及格的总成绩。

"这些题不是不会做，而是不知道怎么做才对。老师说作文要求写一个坏人，我写的只是坏事但不是坏人，就跑题了。我不知道谁是坏人呢。"儿子在一边说。

"那什么是坏人呢？你们班的同学如果每一个人都要写一个坏人，那生活里怎么会有这么多的'真正的''完全的'坏人呢？人都是很复杂的，一个坏人身上或许也有一些可取之处，一个好人可能也有做坏事的时候。在我们的生活中，是没有什么完全的好人和坏人的。再说每个人也都不是抽象的，只能用他说的话或者做的一些事情来确定。"我对儿子说。在孩子的语文教育上，我一直是很自信的。我都是首先要求孩子掌握课本知识，然后再让他举一反三，由此去了解所涉及的更广泛的一些知识。比如形容树叶的颜色，他学过了嫩绿，我就会再要求他想一想他看到的树叶的颜色，让他想一想还可以怎么来形容，让他再用碧绿、油绿或深绿等来形容。课本上的知识，掌握了以后，就是要去运用，而我们的生活现象却是复杂与变化不定的。在人类不断发展的认知中，许多已经有了结论和答案的问题，后来又有了新的解释和答案，就像人们最初相信过女娲造人，后来又认定生命是进化而来的；最初认为地球是万物存在的中心，后来才发现地球是绕着太阳运转的这些事情一样。世界上的事物由不同的人，从不同的角度去看，就会有不同的理解与认识，而这些理解与认识往往都是正确的。这样才能对事物有多方面的理解和多种解释。

人类社会就是这样向前发展的，但是我们对孩子们的教育却一直有一些唯一的、不发展的标准，我们的考试一直有一些统一的、铁定的答案，而多方面的思维、启发式的教育，会更有利于现代孩子的认知和成长。

当孩子们问我们太阳是不是只有一个的时候，我们甚至应该告诉他们，太阳也许不止一个，从而为他们敞开求知的世界，让他们有可能去探索，去认识新的事物。也许在他们未来的发现和认知中，广阔无际的宇宙中，太阳真的就不止一个。

"妈妈认为你这些题都没有做错，只是老师用一个标准来批的卷子，才给你判了错。她可能没有时间来考虑你的答案，比如形容春天的柳树，嫩绿、翠绿应该都是对的，只是考试要求的答案只写了嫩绿，其他的答案老师就都判了错。"我对儿子说。我在儿子面前从来没有让他不听老师的话，但是这一次，我告诉他老师的批卷标准是有问题的。我想他在以后的生活中，一定还会遇到一些类似的问题，我要引导他用自己的思想，正确地去思考和判断事物：一方面要知道标准的要求是什么，尽量地按照要求去做；另一方面，在一些重要的问题上，又要有自己的思想和判断。

我的肯定让儿子高兴起来，他认真地说："我也在想，一个题可能有两个答案。"

我又跟他说人类在科学发现上的一些进步："你知道吧，中世纪的时候，人们都认为太阳是围绕着地球转的，地球是宇宙的中心，这叫地心说；后来才发现地球是围绕着太阳转的，又有了日心说。而宇宙是很大很大、没有边缘的，很多星球我们还没有发现，说不定太阳也不止一个呢！"

"我也在想，可能还有一些太阳，还有外星人呢！我一直想找到宇宙的边缘，想知道宇宙到底有多大！"儿子兴奋地想象着，从考试的挫折不快中解脱了出来。

一个人，无论是小孩子还是成人，如果知道了真理是有多种声音的，一个矿泉水瓶子不仅可以盛水，也可以养花，还可以在上面刺一些洞做花洒，他的思想就会更开阔，更有创造性，发现也会更多一些；生活就会更宽松、美好一些，而不会陷在一片小水洼里怎么也走不出来。

"不过，你也得理解、尊重老师，尽量地按考试的要求去做。老师不可能一个人一个标准，你如果不按考试的统一要求去做，就会被判错，就得不了高分，对吧？社会由很多人组成，就得有一些统一的标准，就像马路上的红绿灯，大家都得遵守，如果每个人到了路口都随便走，就会发生交通事故。所以有些问题，你可以在心里想一些正确的答案，或者把它们写下来。"

"好的，我会按照统一标准做的，太简单了。我也可以做难的数学题。我长大了，一定去找到宇宙的边缘，看看宇宙的边缘都有些什么。"儿子真正地理解了，快乐了，他眼睛亮亮的，憧憬着自己的理想，并且认真地做起作业来。

在小孩子的成长中，在他们遇到一些类似的困惑和不解时，我们除了让他们了解规则、遵守规则，也可以告诉他们"太阳也许不止一个"，让他们多一些创造性的思考，多知道一些生活的可能性。

劝　学

一个空气凝滞的夏季傍晚，我和儿子步行到一位刚刚结识的朋友家去。朋友的儿子叫仉克，在一所外语学校读高中，是一位学业优秀的学生，曾经获得过省级英语竞赛一等奖。

去之前，儿子问我："这么热的天，去人家家里干什么？"

我告诉他："这个阿姨家有一个大你四五岁的哥哥，他学习很好，我想让你认识认识他。"

"你觉得有必要吗？我可只是陪着你去。"儿子很不情愿。他不理解我的用意，还稍稍有一点儿抵触情绪，因为他已经决定不考那所学校了。他的数学老师不赞成他去那里，他一直最信任数学老师，而且去那所外语学校，三年期间要交很多的学费。

对于交这么多钱上学，儿子的态度很坚决："拿钱我可不上。不是说生于忧患嘛，舜都耕入畎亩之中来。"儿子是一个很自尊的孩子，他刚学过一篇古文，便用现代的调侃语式来使用古文中的词语。

我不再说话了，现代劝学已经不同于过去，有一些认知与观念的冲突。我只要是用教育或劝说的语气说话，儿子就听不进去。从今年开始，他的个头一下子就长了起来，他的自我意识也开始发展。世界在他这个小小少年的眼里只是头顶上的一片天空。他所知的还甚少，但是他已经觉得他看问题、做事情都很有能力了。

这是人生一个必然的成长过程。

作为一个过来人，我心疼地看着这个孩子往前冲。我理解他，但又很难引导他让他避免一些小过失。某些事情的转变总是需要一定的时间。

朋友家里开着空调，很清静，很舒服。仉克读高二了，很热情、健谈。他谈自己的学习，谈学校的一些优势，谈得很客观、很实际。

儿子一言不发地旁听着。

"你以后是不是就要学外语专业了？明年想考哪一所大学？"我问仉克，因为外语学校每年有百分之二十的保送名额，大都是外语学院的一些专业。

"我想选一个其他的专业，想考清华大学。我其他的课学得也跟外语差不多。"仉克很有信心，"上一届的同学就有很多放弃了保送，考进了自己理想的大学，选择了别的专业。"

"你们学校学生的学习怎样？老师教课怎样？"我想了解一些详细的情况。

"我们学校的学生，按考试成绩被分成三个班，A 班、B 班和 AB 班，A 班的是成绩好的学生，B 班的是成绩差的学生，AB 班的就是成绩处在两者之间的学生，每个学期根据成绩调整一次。每个学生都有进入 A 班的机会。英语、语文、数学的任课老师讲课都挺好的，其他任课老师可能不如其他的学校。"仉克还担任着学生会的工作，对学校的情况很了解。

"你感觉哥哥的学校是不是挺不错的？"我问儿子，想让他也参与我们的谈话。

"不错。"他肯定地回答。

"那你要不要考虑上哥哥的学校？"我再问他。

"不上。"他的否定跟他的肯定一样坚决。

我只好不说什么了。我提议他去看看哥哥的电脑。我看到他的情绪一下子就改变了。不一会儿，我们就听到了两个孩子热烈交流的声音。

空气依然凝滞而闷热，我深感忧郁和疲惫。朋友和仉克一起出来送我们。仉克仰着阳光般的笑脸向我们告别，他将以这样灿烂的笑脸走进他理想的大学，走上他人生的道路。我突然由此想起了一个正在这座城市打工的女孩对我说过的一件事情。这个女孩出生在一个偏僻落后的山区，她七八岁的时候，有一天看到村里一个在外面工作的男人，携了他城里女友的手一起走过村头，在村头坐上长途汽车，走出了封闭的大山，走远了。这个女孩呆呆地看着，他们那时尚的装束和坐上汽车走远了的身影，都让她向往和羡慕。她就是由此萌生了长大后也一定要走出大山，到外面去看世界的念头。

每一个孩子的成长，都会受到一些他突然注意到的人或者事物的影响。这种影响是一种引发他内心动力的教育。

我小的时候，也曾经受过这样的影响。这样的影响，当时也许只是留存在心里，没有表现出来，但是它们总会潜伏在一个人的生命里默默地起作用。

我看着儿子，试探着问他："你感觉仉克哥哥是不是很不错，学习好，也很努力、很耐心地做其他的事情？"

"不错。"儿子的回答还是很简单，但神情里带着丝丝愉悦，不再是我们去时的样子了。我想这次劝学还是有些作用的。

有了责任心

每一个孩子都是在成长中逐渐地有了一些责任心。

责任心会使一个孩子知道自己应该做的、能够去做的事情，考虑自己对环境的影响，不是任由自己妄为，而是把自己摆到一个重要的位置，学着要求自己，也学着协助周围的人，去做好一些事情。

在同一件事情上，有责任心的孩子与没有责任心的孩子，表现得很不一样。

有一个心理学的实验：先让几个中学生各自解答一些书面问题，再把他们集中到一起，指定其中的一个为负责人，其他的人则为助手，让他们一起解答一些问题；然后再把他们分开，让他们独立解答一些不同的问题。最后发现，被指定为负责人的人，成绩有所提高，而助手的成绩比最初时要差一些。

孩子的责任心是在日常生活中逐渐被引导、培养起来的。

我们可以虚拟一些角色，让孩子扮演其中的一个，完成属于他的任务。比如让孩子扮演父母，让他早晨叫一家人起床、吃饭；或者让他扮演交通警察，模拟指挥车辆和行人。

可以在出门的时候，让孩子带上钥匙并且锁门；在晚上上床睡觉时，让孩子检查门窗、煤气等是否已经关上。

可以把我们生活中的一些苦恼说给孩子，让他去感受，帮我们想一些办法，解决一些问题。

还可以通过其他孩子的一些故事，来启发、引导孩子的责任心。

在那些生活条件优越的家庭里，孩子反而更依赖父母，他们每天上学有人接送，回家以后有人做饭、端菜，父母甚至会把插好牙签的水果放到他们面前。在这样的环境里生活的孩子，他们的成长期就会长一些。

成长期过长的孩子会认为，父母为他们做的一切都是应该的。就是他们这个年龄应该自己去做的那些事情，他们也认为是为父母做的，而不是为他们自己做的。

我时常听到一些父母苦苦地劝说孩子，要他们去做作业，并且允诺他们，做完了作业可以买一个冰激凌；要他们努力学习，考好的中学和大学，考上好的学校，奖励一次旅游、一台电脑。有一些孩子听从父母的话，但是也有一些孩子根本听不进去，父母反复地劝说，还会使他们产生逆反心理，他们会砰地关上自己的房门，或者说一句"烦死了"就扭头走开。

儿子有一次没有记清作业，我建议他问问同学。他不习惯使用电话，就让我打电话问他的同学。我说我不认识你的同学，这是你自己的事情，应该自己打。他没办法，只好自己打了。他问了同学以后，为难了半天的作业一会儿就做完了。此后，他就很注意记清作业，遇到需要联系老师、同学的事情，他也不再推给我了。

自己的事情自己做，是一种责任，而帮助别人做事情，也是一种责任。一个人，在家庭里生活，就对家庭负有责任，在学校里学习、在社会中生存，也应该有一份大责任。

我有时候和儿子在家里玩不同角色的游戏。我们每天选一个劳动委员，负责安排全家的家务活；选一个学习委员，负责安排一家人的读书、学习。儿子感觉这样很有趣，在担任这些职务的时候，也总是做得很好。

我经常在煮稀饭的时候去接电话，接完了电话，又去阳台上晾衣服，结果回到厨房，稀饭已经沸了一地。还有一次，我把锅烧在炉子上，就上班去了，忘记了关煤气。我想起来的时候，锅里的稀饭已经成了烟灰。儿子后来和我一起出门的时候，总是问我关了煤气没有。他还专门帮我设计了一个报警装置，煮稀饭的时候，放到锅的上沿，每次稀饭一沸腾起来，涨到报警线上，就会发出警车一样的叫声。我们给这个装置取名叫"煮稀饭报警器"。

我犯颈椎病的时候，会头晕、恶心。这时候，我就会叫儿子关炉子、拖地、端饭，做我没有做完的家务。这种时候，他总是感觉他很重要、很能干了，会把这些事情都一一地干得很好。

我们出去旅游的时候，也让他关灯、关窗户、锁门、拉行李包，让他养成这样的习惯。

我有时候也把科学上一些没有解决的难题说给他听。有一次我拿回家一张报纸，报纸上刊登了在非洲的一个城市，由于严重的工业污染，孩子们都失去了记忆的事情。一个叫塔娅的女孩，好几天都学不会一句歌词，出了门就忘记回家的路；一个叫凯恩的男孩，十几岁了，除了吃饭，不能做任何事情。

儿子仔细地看着报纸，焦虑地说："可能是铅中毒，损害了大脑的神经，一定会有解决的办法！"

"但是现在还没有办法，人类有很多生存的问题，迫切地需要有人想出办法来解决！艾滋病、癌症、白血病，还有能源的缺乏、环境的污染，都没有办法完全地解决呢！"我列举着，激发他思考这些问题。

儿子便开始查阅资料，想一些他所能想到的办法。

很小的孩子都是没有行为能力的，他们必须依赖父母，由父母引领他们走出家门，但是随着年龄的增长，这些孩子就应该逐步地做一些家务，开始自己去处理一些学校里的事情。父母应该放手让他们去做，做错了也不要埋怨他们，因为他们的能力和责任就是在这些经历中成长起来的；成长也是逐步的，不是哪一天从理论上说一说，孩子突然就能长出三头六臂。

孩子也不会永远是孩子，他们要成长，要进入社会，要承担社会的一部分责任。他们以后还要有自己的家庭和孩子，承担起做父母、养育自己孩子的责任。

到孩子有了责任心的那一天，我们会发现，他们真的成长起来了。

在送花的日子里

春天刚刚来临的一个下午,一个七八岁的小男孩在人行道上奔跑着,手里擎着一朵红色的康乃馨,花朵正随着他的奔跑而起伏跳动着。我禁不住停下脚步问这个奔跑的小男孩:"小朋友,你的花是给谁的?"

"给我妈妈的。"小男孩仰起稚嫩的脸回答。

"是你自己去买的吗?多少钱一枝?"

"两块钱一枝。"小男孩只回答了我两个问题中的一个,就又向前奔跑起来。花朵随着他的奔跑继续起伏跳动着,像春天里一个美丽的词语,表示着生活里的含义。小男孩身后的书包大大的,看上去重重的,压在他小小的后背上。花朵和书包都成了他奔跑的阻力,但他还是跳跃着,努力着,不肯慢慢地走路。

留在我眼里的,好久好久,便一直是一枝红红的鲜花和一个背着大大的重重的书包的小小的跳跃着的背影。我想到当我回到家里的时候,也许,也会有一枝红红的鲜花放在桌上或者床边。去年的这个日子里,我的孩子就买回了一枝红红的花,我把它养在水瓶里,直到花朵都枯萎了,还不舍得扔掉,并且让那花朵的美丽和清香一直留在了心里。

也许,这是一个送花的日子。上午,我也特地去一家花店,为老母亲买了一束白里透红的康乃馨。母亲很是高兴地把它养到了水瓶里。也许，生活里的每一天，都是一些不同的节日，或者说，都可以成为不同人的不同的节日。在这些节日里，人们都可以送花、寄信物、表示感情，或者仅仅只是彼此问候一声或致一个不需要费力的笑意。

生活里自然也会有一些不愉快的节日，甚至不幸和哀痛的日子。这样的日子里，人会禁不住忧郁起来，低落下去，会脆弱地望着身边忙碌的世界，需要宽慰、帮助或者一段沉默的时间来渡过困难，再恢复生机。

但是只要尽心尽力，生命总会不断地产生一些好的东西。它们像阳光，温暖而明亮；像春天的大地，呈现着新的生机；像孩子童稚的心愿和话语，使母亲的心中洋溢着幸福；像总是横亘在远处的地平线，不断地诱惑着向前走去的脚步。生命还会产生出渴望、互助，甚至理解、爱、善意、给予等很多有利于共同生存的特质，它们使人在痛苦中、困境里，在生病、衰老、失落甚至绝望的时候，也能够缓一口气，支撑下去。

就像春天总是会在冬天还没有完全远去的时候就来临了一样，生活以简单的形式，表现着深沉复杂的含义，它重复着并不相同的事物，它让所有的人，都一天天地从时间的缝隙里穿过去。

也许，生活中更多的是平平常常的日子，它们不像是节日，但是它们会带走节日或重新孕育出节日。它们是我们人生必经的路程和台阶，我们也应该愉快或者稍稍紧张一些地走过去。有时候，我们也需要背一个大大的、重重的人生行包，负上我们要做的事情和人生各种各样的责任，去迎接我们的节日。

那个背着大大的重重的书包的小男孩，努力地向前奔跑着，手里的花朵和背上的书包同时跳跃着，在大街上远去了。但是很多很多的大街上，一定还会有很多很多这样的日子，还会出现很多很多这样努力向前跳跃着的背影。

绘好"人生的地图"

我有一次出差，在一所航海学校里住了几天，看到每个学生的学习桌上，都有一个地球仪。回来以后，我也给儿子买了一个，还买了一幅很大的中国地图和一幅世界地图贴在书房的墙上。

美国历史学家房龙认为，地图对于地理，就像乐器对于音乐。

一般的地图，都是描绘地理的，一幅地图，就是一个缩小了的地域，我们能够在上面看到海洋、山脉、平原和沙漠，能够找到我们自己居住的地方，标示出那些我们曾经去过的地方。有了地图，我们就可以足不出户，时常看一些大的环境，想一些遥远的事情，还可以知道一个人在广大的世界上处于什么位置。

地理是人类生活的基础。动物和植物都生长在大地上；矿物埋藏在地表下面；一年四季，太阳会从不同的角度照射着我们。我们就是出门旅游，行囊里最好也能有一张地图，以便确定我们乘坐交通工具的方式、路过的城市和下榻的旅店。

新东方集团的创始人俞敏洪说，他从小就喜欢看地图，地图看得多了，路也记得好，要去哪里，先看一下地图，从来也没有迷过路。有一次他去美国的一个小镇，事前却没有买到当地的地图，所以转了大半天都没有找到那个小镇。后来，终于在一家小店里买到了地图，他才发现那小镇就在离他几步路的地方，只是遮蔽在树木之中，而他已经前前后后地路过了三次。

每个人在迈步走向自己人生的时候，也需要事前有一幅"地图"，只不过这幅"地图"是依据每个人的身心特点、生活理想与努力方向设计绘制的，人们也习惯于把这样的地图叫作人生的蓝图。

在孩子幼小的时候，这样的地图，是父母帮助他们设计绘制的。

有了这样的地图，孩子前面的目标就有了大致的景象，通往它们就有了大致的途径，他们可以沿着美好有趣又力所能及的路线去走，从而避免很多的弯路、歧途。人生的地图，自然是由近到远，一段路程连接着又一段路程，而且越具体、越清晰越好。它们上面应该还有一个个小小的标志物，到达一号目标以后，就可以前往二号，然后再从二号前往后面的三号、四号……

很多的父母，早早地就为孩子设计绘制好了人生的地图，他们期望孩子平安、顺利、快乐地度过一生，并且在一些方面取得成功，成为政治家、科学家、金融家、企业家、钢琴家、外科医生或者篮球明星。他们也为孩子标上了一个个大大小小的目标，从小就开始引导他，为他买书、配备器材，送他上培训班，等等。

有一幅地图的孩子，总是要比那些没有地图的孩子好一些。很多孩子就是沿着他们人生的地图走向了成功。自然也总是有一些孩子任性、顽皮，没有按照地图走下去，或者走上了其他的道路。

我在家里贴上地图以后，每当涉及一些地理位置时，总是要去看看地图。儿子也习惯了这样做。地图给予了我们直观的、一览无余的印象，开阔了我们的视野。我也由这样的地图，开始一点点地帮助儿子设计绘制他人生的地图。

儿子喜欢音乐，但五音不全，不适合从事音乐工作。

他身体瘦弱、心理敏感，也不适合从事专业的体育运动。

他喜欢观看流星雨、月食、风雨等自然景象，也能沉下心来，一个人专心地研究事物；他的记忆力不是很好，但是领悟能力非常好。他可以多学习一些数学、物理方面的知识，也许以后可以从事科研工作。我便注意给他买一些自然科学方面的图书，经常同他谈论一些科学上的未解之谜等问题，激发他的好奇心。

从小学开始，我们假期里一有机会就去看一些博物馆、科技馆和科技展览；到中学时，学校里有了物理课，儿子就喜欢上了物理，并且在这方面显示出了一些所长。

儿子将来的生活会是怎样的？我时常想这个问题，除了有一技之长，他还应该了解生活的更多方面，应该有一个温暖、美满的家庭，有对生活的爱心，甚至在自己有了能力以后，对社会有所贡献。那些对社会有所贡献的人，是有能力的人，他们受到了社会的爱戴和尊重，而社会的爱戴和尊重，也使人生更为幸福和有意义。

我们居住的城市里经常有一些义工活动，我有时候也去参加一些种树、清理泉水、社区服务等活动，每次去的时候，会带上儿子。在学校里，儿子也与同学一起，每个周末，去福利院帮那里的残疾孩子学习。

中学快毕业的时候，我看到儿子写了《我的物理世界》《发现者》《人类的新问题》《在神以及道德之后》等文章，有一些发表在他所在中学的校刊上。他开始思索一些人类普遍的生存问题了。

他的人生就沿着这样的地图一步步向前延伸着、发展着。

在每一个对孩子的人生深怀期望的家庭里，最好都有一幅前程美好又具体可行的人生地图。孩子在懂事以后，能够先了解他人生可以到达的地方，以及要走的一段段路程。自然，我们也可以根据意外的变化或者孩子的不适应及时地修改地图，一旦原定的路线走不通了，就可以重新设计新的路线。而在孩子逐渐地拥有了独立的思想与生活能力以后，也可以把这人生的地图，交由他自己来修改、描绘，甚至完全由他自己来设计、实施。

如果你家里还没有这样的地图，那就先买一张中国地图和世界地图吧，然后父母与孩子不时地站到前面看一看，它们其实包含了生命和时空、自然和社会、人文和地理等许许多多内容呢，而且到孩子上了中学，开始学习地理的时候，就更方便和实用了。

美国社会心理学家理查德·谢弗发现，如果父母用某一种特定的方式来对待孩子的话，孩子的眼前就会有一种图景，就会逐渐地实现父母对他们的期望；那些被认为是麻烦制造者的孩子，他们也会自认为是"问题少年"，从而放弃对自己的要求。

有条件的话，父母还可以经常带孩子出门旅游，让他们不仅读万卷书，也要行万里路，实际地感受一些不同的地理、不同的动植物、不同的人类生活方式。当他们能够激扬文字并且用脚步丈量了很多领域以后，他们也就有了指点江山的欲望。

有一把勤劳的扫帚

阳光灿烂、秋风飒飒的九月，俞敏洪先生来到了济南，在山东会堂做了一场演讲。

俞敏洪是新东方教育集团的创始人，但这次他讲述的却是自己的成长——从一个普通的农村孩子到全国知名的一位"先生"。

一个多小时的时间，他一直站在台前演讲，时而手插进裤袋里思索一下，时而做一个手势，像竞选美国总统的那些演讲人。由于不用讲稿，他讲得就很随意、真实、亲切。他讲述了很多他自己成长中的小故事，我记下来的最重要的一个，就是他童年扫地的故事。

俞敏洪是在江苏农村成长起来的。他四五岁时，每天忙碌不止的母亲就开始让他干家务、农活。农村里，每家都有一个土墙围起来的小院，小院里不时有落叶、柴草和鸡鸭的粪便，母亲便让他每天用一把扫帚打扫小院。当然，除了打扫小院，他一定还要干一些其他的家务和农活。但就是拿一把扫帚打扫小院这件事情，让他养成了一个每天清理杂物，在清理杂物中培养生活中有序和坚持做事情的习惯，这也是一个勤劳的好习惯。后来，他经过复读考上了北大。大学四年，他也始终保持着这个习惯，宿舍里乱了、脏了，其他的同学不管，都由他来清理、打扫。除了宿舍里的卫生，在其他事情上他也是一个勤劳的人。再后来，他创办了新东方，每天要备课，跟同事交流、沟通，晚上还要出去刷些小广告，这些都要靠吃苦耐劳。

勤劳的意义逐渐地扩展了，具有了形而上的意义，但是一直非常有益地帮助着他，让他努力，直到他创建的新东方教育集团成为今天拥有四千多名员工的一家上市公司。

为此，俞敏洪极为感恩他那纯朴、吃苦耐劳的母亲，因为母亲教会了他勤劳，让他摈弃了懒惰。他也极为感激他用过的"扫帚"。

中国有句俗语，天道酬勤，意思是说勤劳的人才能够得到报酬。我们很多人也许不是特别聪明，但我们不可以不勤劳，因为只有勤劳才能够让我们有收获，只有勤劳才能够补偿我们的不聪明，或者让我们更聪明。

达·芬奇说过：勤劳一日，可得一夜安眠；勤劳一生，可得幸福长眠。现在达·芬奇已经幸福地长眠了，他的墓地上总是摆满了人们前去看望他的鲜花。

俞敏洪的母亲没有上过学，只是一个普通的农村母亲，她对儿子的期望就是长大以后，能有知识和受人尊重。她在俞敏洪五岁时告诉他："你长大了就当一位先生。"她所认为的先生，就是农村里的教师，他们有学问，有饭吃，并且教书育人。

"我母亲虽然没有上过学，但她很了不起，她知道我能成为一位先生。我到现在还是一位先生呢，一直在做教育人的工作。"俞敏洪这样领会"先生"的含义。

我跟俞敏洪先生见过两次面，一次是去北京新东方总部，我手推旋转门的时候，看到里面有个人正在往外推门，咳，是老俞，记得他喜欢让公司里的人都称呼他老俞，我也这样称呼他吧："老俞，您好。"

"您好。"他回应着，对我微笑着。他肯定不知道我是具体的什么人，但他知道我是一位女士，或者是一位养育孩子的母亲。他真诚地微笑着，这一点，也让我知道了他是一个和善可亲的人。

第二次见面就是他来济南的这次演讲了，我此时在山东省妇联网上家长学校工作，我们支持任何有益于家庭教育的活动。我有幸分享了他的这些成长故事。

幸福的金钥匙

冬日里一个特别温暖的下午,一辆公共汽车正在穿越繁华的市区。车厢里,一个七八岁的乡下男孩站在车窗前。他的衣着简朴破旧,但他的眼睛明亮地闪烁着,神情里充满了生命初始的向往和好奇。他正被城市的景色吸引着。一位同样衣着简朴的老人,一手扶着头上的扶杆,一手拉着小男孩的小手。小男孩大概是第一次来大城市,不停地指着窗外问着老人一些什么。老人不肯定地回答着,声音随着汽车的前行不住地摇晃着。老人有六十多岁了吧,那黝黑的脸上布满了皱纹。

车到了一个停车点,一下子拥上来好多人。老人被上车的人挤得歪了歪身子,小男孩也跟着歪了歪身子。上来的人大概都是些城市里经常坐车的人,他们知道自己的权利,熟悉乘车的方式,很不在意乡下的孩子和老人。他们直直地穿过车厢,寻找着适合自己的位置,像在自己所属或拥有的空间里一样。但乡下的孩子和老人,却像是到了别人的地方,他们的眼睛望着拥挤的人群,有一种怯生生的东西。

老人和孩子被挤到了一个衣着讲究的女人旁边。女人的脸裹在粉色的绸巾里,衣着也颇为讲究,看上去宁静清丽,像中世纪的阿拉伯女神。她看了一眼站立不稳的老人和孩子,没有说话,用戴着黑皮手套的手扶着座椅站了起来,然后示意老人坐下。老人看了看女人清丽的脸上的笑容，确信没有出错后，才诚惶诚恐地拉着小男孩坐了下来。小男孩也抬头看那女人，但他还不会像城市里的孩子那样说一声感谢。那女人又对小男孩笑了笑，笑容里有一种温和、宽容的关爱。小男孩久久地看着那女人，她不同于他见过的所有农村的女人，也不同于不在意他们乡下人的城市女人，她尊重他们，却又使他不能理解。她使他感到神秘，有了对城市外观之外的又一种向往。她在他幼小的记忆里，留下了第一次来城市的又一种美好的感觉。小男孩一直用他明亮的眼睛，仰望着给他们让座的那个女人。

有一个很美丽的外国童话故事《巧克力工厂》。一位富人开了一家大工厂，专门制作各种各样的巧克力。巧克力的香味散发到工厂附近的穷孩子和富孩子鼻子里，使他们神往，使他们不仅想每天都吃到巧克力，还很想从那从不敞开的大门里进去看看，这么好吃的东西究竟是怎么造出来的。后来，这家工厂的厂长年纪大了，没有精力经营工厂了，也没有可以继承遗产的后代。他就想把他的工厂送给一个幸运的孩子。他在出售的巧克力里面做了十个标记，让得到这些标记的孩子来参观他的工厂，并可以随便地吃巧克力。最后，他会从中选定一个人，接手他的巧克力工厂。一个穷人家的男孩幸运地得到了一个标记。他高兴地盼到了巧克力工厂为他们敞开大门的那一天。他同另外九个孩子一起，跟着年老的厂长走进了生产巧克力的神秘车间。那河流一样流淌着的巧克力浆液，使孩子们惊呆了，随之有两个孩子不顾一切地贪吃起来，他们不小心掉到了浆液里。在堆积如山的成品车间，又有几个孩子因为贪吃被留在了里面……最后，只有那个穷孩子，手里捧着满满的巧克力不舍得吃，厂长问他为什么不吃，穷孩子说，他想留给爷爷奶奶外祖父外祖母吃，因为他们都住在他家里，从来没有吃过巧克力。厂长摸着这个穷孩子的头，然后把巧克力工厂的金钥匙挂到了他的胸前。

世界上也许真有这么幸运的事情和这么幸运的穷孩子，他们因为小小的偶然的生活机遇，最后得到了幸福的金钥匙。也许坐在公共汽车上的这个乡下小男孩，也会因为一次让座，一个身心美丽的女人，一点儿对城市的向往和好感，而在许多年后，也来大城市闯荡，成为一个在大城市站稳脚跟的男人。只是在他的心里，永远会有第一次穿越这座城市时的记忆和影响。

你人生不能做的事情
——写给儿子

不能在阳台上点火。

不能把手指插进电源插座。

不能在车辆飞驰的马路上蹲下来玩。

不能动冒着蒸汽的压力锅。

不能骂人。

……

幼小的时候，我总是阻止你做一些事情，因为你还不知道这些事情能够带来什么样的后果，还没有能力控制它们。

现在来看，这都是一些小事情了，随着年龄的增长，有一些事情让你去做，你也不会去做了。

我对你有了另外一些要求，最重要的就是要珍爱自己的生命，也理解、尊重和关爱他人的生命。

生命是最宝贵的，每个人的生命只有一次，所以你一定要珍爱自己的生命。在漫漫时光中，每天以快乐的心情，顺应天时，勤劳做事，避免各种危险，平安、健康、美好地度过一生。

生命也不只是属于自己的，每个人都承载着家族绵延的基因，父母养育的心血、光明和希望，这就是古语说的："身体发肤，受之父母。"我们经常看到或听到，那些丢失了孩子的父母，人生就像坠入了苦难、黑暗之中，孩子比他们自己更为重要，他们倾尽家产和精力寻找孩子。山东东营有一位父亲，为了寻找被人拐走的儿子，17年的时间，骑着摩托车寻遍了全国十几个省。他睡桥洞，喝路边的脏水，顶着寒风、暴雨行走。他总是听到儿子在向他求救，他说不寻找儿子，他心里更难受，只有在寻找的路上，他才感觉自己是一位父亲。

天下的父母大都是这样的！

所以，你在成家立业以后，要传承基因，养育好自己的后代，尽可能地回报父母。

你也要理解、尊重和关爱他人的生命，不伤害他们，尽可能地帮助那些不幸的人。在进入一些陌生的地域时，要了解和遵守当地的法律与习俗。植物与人类以外的动物，都是自然界的不同生灵，是与我们共生的，只要没有危害，也要尽可能地理解、保护它们。

第二件事情是无论在什么时候、什么地方，你都不能吸毒。

我采访一家女子戒毒所的时候，见过一个十七岁的女孩。她六七岁的时候，父母离婚了，父亲经营一家大酒店，母亲再婚后又生了一个男孩。这个会弹钢琴的美丽的小女孩，放学以后经常到家门前的理发店里玩耍。有一天，店里的一个女人让她品尝了一点儿白色的粉末。此后，她便每天都去理发店里买那种粉末，当她父亲知道时，她已经成瘾了。我见到她的时候，她的胳膊上、大腿上全是密密麻麻的针眼儿。她对我说她是多么怀念她美好的童年，她是多么想从这里走出去，做一个正常的人，但是说着说着，她就坐立不安起来，攥起拳头，咬着嘴唇，身体也颤抖起来。工作人员不得不把她扶回了宿舍。她的父亲已经把酒店转给了别人，锁上了家门，用所有的钱来为她戒毒。

这个女孩的形象一直留在我的记忆里。毒品是很容易染上，却又难以戒掉，它会毁掉一个人的一生。所以，你一定要记住，无论你处境多么痛苦，或者多么随意，你都要防备，不能去沾染它。

第三件事情是你不要去做无谓的牺牲。记得我们大院里，有一个人回家时被抢了钱包，你当时说要是有人抢你的钱包，你就会一拳打过去，把他打倒。孩子，你把歹徒想得太简单了，你也没有想过，钱永远不能跟人的生命相比。那些手持凶器的歹徒是不顾一切的，他们要抢你的钱包，就先让他们拿走，然后再想办法报警。有一个十六岁的男孩，就是为了追赶一个偷别人钱包的人，被刀捅伤倒在了血泊里。他的母亲抱着他，喊着他，他说的最后一句话是："妈妈，我不想死！"

儿子，我只有你一个孩子，世界在我的面前，唯有你最重要。我不愿意成为二战以后的那些母亲，人们都在欢呼战争的胜利，她们却在街头像疯子一样地寻找自己已经永远留在了战场上的儿女。为此，我也总是反对各种战争，祈望人类和平！

你可以帮助别人，但要力所能及。你不要自己不会游泳，却跳下水去救人，你可以呼喊或者组织营救。你可以为别人献血，这不会危及你的生命。你也可以为社会捐款，建一座座学校，或者一所所养老院。有很多的方式能够帮助那些需要帮助的人。

第四件事情是不能随便拿别人的东西。你从小就不肯要别人的东西，就是大院里的阿姨给一块糖，你也不肯要。但是在一些紧急的情况下，你可能不得不使用一下朋友的自行车，或者桌子上的几元零钱。这也没有什么关系，只要你记得告诉它们的主人，并且表示深深的谢意就好。如果你捡到了自己正好需要的东西，不要留下它，要想办法归还丢失的人。你可以自己去买，买不到同样的，你就买一件比它更好的。我曾经捡过一张近万元的购物卡，上面没有名字，我无法知道是谁丢失的。我把它放在包里，有一个星期了，我也想过用它来购物，但是摸到它的时候，我就感觉它像是一件异物。我喜欢真正属于自己的东西。后来大院里的一个人说是他丢的，还说了一个钱数，我就毫不犹豫地给了他。

那些真正属于自己的东西，特别是自己劳作换来的东西，使用起来才安心、踏实、愉悦。

第五件事情是不能放纵自己的心灵和身体，让它们沾染一些不好的东西。你小的时候，我们俩谈论过，人有两条命，一条是肉体的，一条是精神的，两条生命我们都要爱护。我们总是选择那些干净、饭菜可口的饭店去吃饭，我们也要选择真正喜欢的人，来满足我们的爱情和婚姻。我们还要选择那些有品位的影视和图书，使我们的心灵丰富和高贵。

第六件事情是不能去赌博的场所。那里总有一些诱惑、阴谋和陷阱，却根本没有幸运。有一位赌王，在赢了一笔钱以后，被人剁去了手指，砍断了双腿。他此后离开了赌场，向人们公开了赌场的秘密以及他是如何在赌博时造假的。在人生的道路上，我们不知道的阴谋和陷阱有很多，已经知道了有它们的地方，除非没有办法，否则就一定要避开。

美好的人生是要自律和有禁忌的。在一些不能做的事情上，多一份坚定的克制，也就少一份长久的损失。

巴西有一个叫贝利的男孩，在足球方面很有天赋。但是巴西的街道上经常有一些抽烟、酗酒和打架的年轻人。贝利有一次也点了一根烟，学着别人的样子抽着。回家以后，他的父亲没有责骂他，而是给他指出了两条人生道路：一条是像街道上的那些年轻人一样抽烟、酗酒和打架，毁掉自己的身体和前程；另一条是不让自己沾染上不良的习惯，做一个有出息的运动员。贝利选择了后面的一条，他此后就再也没有抽过烟。

还有一些不能做的事情，我一时还没有一一想到，等我想到了，就会告诉你。

也有一些事情，是可做可不做的，要看你的处境，看你想成为一个什么样的人，比如说谎、从众，一次小小的投机和侥幸。一个人的脚步，不可能避开所有的错误、危险，径直地走下去，也不可能一点儿都不沾染尘土，只要在一些重大事情上头脑清醒，有一些明确的分界和坚定的控制就行。

但是那些坚决不能去做，并且从小到大到老都不能去做的事情，无论处于什么环境，都一定不要去做，不要为了一时的痛快，去后悔一生。当你的理智控制住了一些诱惑、随意和放纵，你的人生也就会更为顺利，更有成就，更美好、光明。

这样的人生才能胸怀大局、目光长远、坦荡安宁，这样不仅使你成为杰出的优秀人才、大家，拥有很多的荣誉、喜悦、幸福，也能够照耀和引领更多的人生，为他们带来光明和幸福！

耐心地等待孩子成长

在自然的世界里，每一棵树的生长都需要阳光和雨水，需要经历生根、发芽和伸展枝叶的过程。它们一年年地粗壮着，形成年轮。

一个小孩子也不是一天一夜就神通广大的，成长需要耐心地养育和等待。

当我们第一次抱起刚刚诞生的小孩子，一定会感觉他是那么小，头颅甚至还没有我们的手掌大，身子软得托都托不住。这样小的小不点儿，什么时候才能长大呢？

我们也许总是过于急切，期望孩子两天就能学会走路，一次就能学会系鞋带，一进学校就成为优等生，甚至能像我们成人一样，你对他说一句话，他马上就领会并且记住了。

我就犯过很多这样的错误，在儿子小的时候，总是心急地埋怨他贪玩，催促他成长；在他一时改不掉小毛病的时候，缺乏耐心，一遍遍地批评他、要求他；还时常把他与其他的孩子进行比较。我时常说的话是："你怎么光想着玩？""你真是个不懂事的孩子呢！""你看看人家成成怎么做的……"

我这样说的时候，儿子只知道我对他不满意，却并不知道他做错了什么。他心里那小孩子的行为标准跟我的是不一样的。他会回答我：

"我就是喜欢玩。""我又不是成成。"

我认识到不能用大人的标准要求孩子，是听了儿子跟爸爸的一次辩论以后。

儿子问爸爸："为什么大人总是批评小孩，而小孩却不能批评大人？"

爸爸回答："因为大人有经验，批评得对，小孩就得听。"

"大人又不知道小孩是怎么想的，怎么就批评得对呢？"

"大人有些正确的标准，小孩还不知道。比如你在阳台上玩火，就不知道能引起火灾。我看到了就得批评你。"

"我是想研究火里面有些什么东西。你不让我玩火，我怎么能研究出来？我不让你抽烟，你怎么还抽？"儿子很不服气。

"我抽烟这么多年，成习惯了，一时改不了……"

"那你就别批评我！"

两个人最后争执起来，而儿子像是更有道理，他认为大人不时地批评小孩，简直就是一种压迫。他甚至冲动地喊了一句："打倒全国的大人阶级！"

此后，我开始注意倾听儿子的道理，在与他发生冲突的时候，总是让他先说明他的理由。我真正认识到了大人与小孩子之间是有距离的，而这种距离是时间形成的，它们有时候不是对错的问题，只是需要等待。

罗伯特·费尔德曼在《人的终生发展》里列举过一个实例。

当三岁大的杰克被问到天为什么会下雨的时候，他回答说："这样花儿就可以长大了。"

当问杰克十一岁的姐姐莱拉这个问题时，她回答说："这是地球表面的蒸发作用形成的。"

当问杰克的表哥阿吉玛的时候,他回答说:"这是由于太阳的照射不匀,产生了空气的流动,空气的流动又形成了积雨云的关系。"阿吉玛正在读大学,是一名气象专业的学生。

孩子的成长,不仅需要时间来增长年龄、强壮身体,也需要在与事物的接触中逐渐地发展认知能力。而年龄,也是人生的一种力量。

在孩子小的时候,我们带他们走路,要不时地回头等待他们,因为我们的腿比他们的长;在跟他们说话的时候,我们要弯一下身子,因为我们的身体比他们高。

早在儿子三岁的时候,我就开始领会这个问题。那时候我要上班,还要带孩子,儿子的爸爸经常出差,我有时候便不得不把儿子锁在家里,然后急急地出去做事情。有一天我回来的时候,儿子认真地对我说:"等我长大了,就把你关在家里,让你想我。"

一个小孩子的话让我惊愕了半天,此后我在很多事情上,便都明白我是一个大人、一位母亲,而儿子只是一个需要我理解和陪伴的小孩子。

等待是需要时间的,也是美好的。儿子在幼儿园的时候,我每天下午,都早早地赶到幼儿园的大铁门前等他。在等待的时间里,我与很多的父母成了朋友,一起交流孩子的一些成长问题。

生活中的一些艰难,还有一些人生、社会的沉重话题,一些向往与传承,我也等待着有机会说给儿子。

很多等待的岁月都成了过去。回忆起来,那些等待的岁月都是一些相互陪伴的美好日子。在那些日子里,不只是我给予了儿子,儿子也给予了我生命成长、变化的经历,它们让我惊奇和喜悦,让我看到了一个新生命的不断成长，看到了生活里临近的光明、美好和希望。

现在同儿子在一起的时间很少了，等待儿子回家已经是一种幸福。每一次见到儿子，都是他等待着我把话说完，等待着我领会他刚提到的一种新事物，等待着我过马路，甚至在我外出的时候，他都要询问我："要不要去接你？"

在生命的交替中，父母与孩子，是相依为命、相互给予的，而等待成长，是一个有些漫长却蕴含着美好的人生过程，就像我们在时光中停下目光，看着花朵在微风中开放，阳光把稻谷晒得金黄一样。

我们也耐下心来，享受成长散发的诗意，等待一个孩子一天天地长成一棵大树吧。

我们的感恩节

深圳的十一月，依然是灿烂的阳光和浓绿的树木，三角梅在路边娇艳地盛开着，一排排椰子树像大地伸向天空的一只只手掌。

我和儿子来这里参加第二十四届全国高中物理竞赛决赛。到达下榻的酒店时，北京大学、清华大学、复旦大学、浙江大学等全国重点大学招办的工作人员已经都来了，他们将在现场与取得优秀成绩的学生签订录取协议。

决赛那天的一大早，深圳大学的校车就来接学生。老师和家长们围着校车叮嘱着孩子。我站在一棵垂着很多气根的榕树下，看着校车慢慢地开动了。

一上午，我都在酒店旁边的一处小树林里看霍布斯的《利维坦》。利维坦是《圣经》中一个力大无比的巨兽，霍布斯用他来比喻强大的国家政治。政治也许与我们每个人的生活都有关系，我以前很轻视这个问题。

阳光照耀着树林里的石桌、石凳，一棵小榕树高高的枝杈上托着一个小小的鸟窝。鸟儿们已经早早地飞出去觅食了，也许天黑以后才能归来。这个鸟窝里也有大鸟和尚未成年的幼鸟吧？我看着周围的景物，等待着考试结束。每次儿子参加重大的考试，我的心情都沉静而且虔诚，我不看电视，也不逛商场，总是努力地工作或者写作，就像是我也在进行一种人生的考试。在一个家庭里，有一个人在紧张地劳作，另一个人却在休闲或者娱乐，这是不公正的。

十二点钟，考试应该结束了，我等待着，却没有给儿子打电话。他要是考得不错，会主动告诉我的，而考得不好，也需要时间来平静一下。全国各地来参加这次比赛的，共有一百五十多名中学生，他们都是经过初赛、复赛一次次被选拔出来的。报到的那天，我就发现那些进进出出的男生、女生，都给人一种木秀于林的感觉，就连陪同他们的老师和家长，也都衣着干净、体面，满是精明和自信的神情。

不一会儿，我的手机上出现了一个"好"字，是儿子发来的。好是什么意思？大概是理论考试终于结束了，松了一口气的意思吧，我看着手机。几分钟以后，又一个"好"字发了过来。两个"好"字可能就是考得还行的意思了。不过明天还有一下午的实验考试呢。

连续两天的考试结束了，整个竞赛也就落下了紧绷着的帷幕，而另一场人生的戏剧就要开始。全国各重点大学招办的工作人员，已经在大堂里贴出了他们的录取标准。参加这次比赛的学生，几乎每人都可以签上一所学校。我和一群家长仔细地询问着北大、清华招办的人，了解他们都录取一些什么条件的孩子。这两所名校招办一向清高、傲慢的人，这几天却分外热情，他们不时地向家长和学生分发资料，宣传自己学校悠久的历史和一流的专业优势，期望把名次排前的优秀学生都拉进自己的学校。

十一月六日的上午，我的手机急促地响起来，儿子告诉我，北大已经要他去面试和签协议了。我急忙赶往他的房间，半路上手机又响了起来。

"我要签了，北大已经提前知道了理论的分数，他们从高分往下签。要是不签，就由后面的人签。"儿子着急地说。

"那你不考虑清华了？你不是一直很向往这所学校吗？"我赶到儿子的房间，他已经去北大招生处面试了。

命运在我们还没有准备充分的时候，就急急地来临了。我急忙跑到清华大学招生处，问他们儿子是否符合条件，是不是也可以现在签约，不然签了北大就没有考虑清华的机会了。清华大学一位年轻的女老师很惊讶另一所名校的速度。她急忙问我孩子叫什么名字，让我等一等。我听到她与里面的人在商量着什么，然后她就出来告诉我，他们也可以签了。

我赶紧去找儿子，让他再考虑一下清华，清华的计算机、建筑设计、工程学、经济管理专业都是一流的。但当我找到儿子的时候，他手里已经拿着一张印着北京大学鲜红大字的预录取通知书了。我喜悦地看着这张通知书，知道儿子的命运就在那一瞬间决定了。

儿子选择的是物理专业。在这以前，我们已经知道这是一个艰苦而且前程难以预测的专业。在现代的大学里，最清贫的就是那些从事数理化专业的人，他们工作最艰深、枯燥，收入却最少。现在最热门的专业是经济管理，教授们在外面一小时的讲课费，就比数理化教授们一个月的工资还多。

"你是不是应该考虑一下生物学或者建筑设计、计算机专业？"我还在跟儿子商量，我想让他多考虑一下。

"你不是经常说挣钱不是最重要的吗？再说我也喜欢物理，北大就挺好的。"儿子不想再考虑，他已经在日常生活中，受到了我的很多影响。

"那我们就告诉爸爸和学校的老师吧。"既然儿子坚持，我也不再劝他了。

这时候，我们最想告诉的是家中的亲人——儿子的爸爸，还有一直为儿子做饭的姥姥和姥爷。除了他们，我们又想到了所有教过儿子的老师——小学时的数学老师，初中时的物理老师，还有现在的班主任老师。我们一一地给他们打电话、发短信，深深地感谢他们。

我们还要深深地感谢命运。命运的手在一瞬间有力地挥动了一下，我们就轻易地走进了中国最好的大学之一。更让我们感到轻松和喜悦的，是这样的录取不需要再参加明年的高考。这样被录取的学生从现在一直到明年的九月，就有整整十个月的时间可以深入地学习外语，可以广泛地读书，甚至可以外出旅游，为以后人生的发展打下更好的基础。

傍晚，我和儿子在亚热带城市的街道上走着，谈论着我们刚刚经历过的考试，谈论着未来的学习和理想，喜悦像阳光一样在我们的脸上闪烁着。在一个路口，我给了一位残疾老人一百元钱，一阵突来的喜悦在老人苍老浑浊的眼里闪烁了起来。

美洲的印第安人曾经帮助过刚刚踏上新大陆的白人，在他们被严寒和饥饿困扰的时候，教给他们抵御寒冷的办法，送给他们玉米和土豆，还教他们播种，使他们平安地度过了严酷的冬天。白人后来就把第一个丰收的日子定为感恩节，感谢印第安人给予过他们帮助。

今天，是我和儿子丰收的日子，也是我们的感恩节。

在我们自己拥有了幸福的时候，我们也应该让它惠及更多的生命，把它挥洒到生命能及的高远的天空和广阔的大地。

过年，去福利院看孩子？

济南市福利院坐落在八一立交桥西面不远处，从我们家开车去，要从经十路先往西，到营市街那儿再拐回来。骑自行车去的话，就很方便了。

儿子在实验中学的时候，常跟班里的几个同学一起骑自行车去那里。他们辅导一些上学的孩子做作业，但后来福利院的一些孩子干脆就把一份份作业都让他们代做，自己不再动脑子了，弄得他们很生气。

大年初三，人们还沉浸在节日的气氛中，儿子就返回学校了。初四，我和儿子的爸爸一早就开车去福利院，去看那里的孩子。他们都是一些被家庭遗弃的孩子，很需要关爱。他们也像是我们自己的孩子。

我带上了一包刚出的新书，路上又买了四大箱橘子。我们开着车拐进了福利院所在的那条街。

我们前面的一辆车上，走下一位中年妇女，她从车上搀下了一位年迈的老人。她们像一对母女，一起走进了福利院的大门。

"我们老了以后就来这里吧？"我问儿子的爸爸。

"这里只接收那些没有子女、没有收入的老人。你想来还来不了呢。"儿子的爸爸说。

今天值班的护理主任是马老师，她说除夕时孩子们开完联欢会，就有一些被社会上有爱心的人带回家去一起过年了，现在留下的孩子不多了。我们到了楼上，看到学习室里刚拖了地面，凳子都放在桌子上，四五个十几岁的孩子正围在讲台前看电视。我走进去的时候，看到桌子与桌子之间还蹲着一个女孩，她在看一本书。我走过去，看到她手上的书是《卓娅和舒拉的故事》。这是年代久远的一本俄国英雄故事书，是我童年的时候看过的书。这一定是一个特别的孩子，这本书也许会改变她的一生。我这样想着，不再打扰她。到我离开的时候，她还蹲在那里看那本书，在电视的声音和来往人的脚步声、说话声中，保持着自己内心的独立和安静。

孩子们的活动室、卧室都开着门，干净、明亮，暖气很热，散发着温暖的气息。六七岁以下孩子的卧室是四人一间，大一些的孩子就两人一间了，因为他们已经能够自己穿脱衣服，不需要别人过多地照料。马老师告诉我，经常有人来电话联系，要带自己的孩子来忆苦思甜，福利院不得不告诉他们，他们来陪陪孩子们还行，但是忆苦思甜不行，因为这里的孩子现在生活条件已经很好了。

在一间阳光灿烂的房间里，十几个孩子正在等着吃饭。他们排坐在桌边，穿着可身的衣服，稚嫩的小脸让我想起儿子小时候在幼儿园里的情景。但是仔细看一下，却发现这些孩子多数是身体有残缺的，有的孩子是唇裂，进来以后已经进行了治疗；有的孩子是脑瘫，张嘴说话的时候，神情便有些迟缓；有的孩子腿脚有问题，走路的时候一跛一跛的；聋哑的孩子眼睛黑亮黑亮的，但是他们坐在那里不说话。在孩子们中间，还有一个孩子由于基因问题，生着大半张黑色的脸，像是涂了一瓶墨汁。我的心里一阵阵刺痛。我过去握着一个孩子温热的小手，然后抱起他来。这些有着种种生理缺陷的孩子，都是被他们的亲生父母丢弃的。现在他们还不知道这一点，长大了，他们也许就会知道，那时候，他们的心一定会痛苦。

我抱起了一个孩子，便有一个又一个的孩子围了过来："阿姨，抱抱我，抱抱我。"他们伸着一双双渴望的小手，一时间，我听到最多的声音就是："抱抱我、抱抱我、抱抱我……"在生活条件这样优越的福利院里，孩子们最缺少的，也许就是抱一抱他们，是身体与身体接触所传递的人间的温暖、亲密，是一些细微的感情信息，而这本应该是他们的父母给予他们的。

我放下一个孩子，又抱起另一个孩子。孩子们都很快乐、活泼，他们自由自在地表达着自己。一个顽皮的小男孩还把我的手袋拿过去，当帽子套到了头上。他向前一走，便摔到了地上。他爬起来，还是嘻嘻地笑着。

儿子的爸爸也抱起一个又一个孩子。小时候，他也曾经是一个被离婚的父母放弃的孩子。直到现在，他看一些这方面的影视剧，还是会沉默无语、心中痛苦。

如果我有一个这样的孩子，一定不会放弃他的，无论他是怎样的残疾！我想起了我的朋友海迪，她也是由于小时候生病，永远地坐在轮椅上了，但她的父母却给予了她更多的疼爱和教育。她现在成了一个多么优秀、完美的人。她在用自己人生的经历，给予很多人帮助和力量。我同她在一起的时候，从来都感觉不到她是一个站立不起来的人，倒是不时地感觉到自己的身上缺乏什么、感觉到周围那些身体健壮的人心灵里缺乏些东西。

父母的呵护、亲爱，一直是生存世界里最原始、最普遍、最伟大的推动力，它能够让人感觉到亲密、安宁和幸福，并且创造生存的奇迹，也让人类生生不息地繁衍下去。如果没有了这种亲爱，我们所有的一切，家庭、工作、金钱等，都会失去存在的基础和意义。加缪在《瘟疫》中说："一个没有爱的世界，就是一个死亡了的世界。"

离开这些孩子们，走下楼梯的时候，我们遇到了一个扎着两条辫子、长着两颗虎牙的大一点儿的女孩。她笑起来的时候，很像电影《我的父亲母亲》里面的那个女孩子。马老师说她现在上卫校呢，毕业以后，就可以留在这里工作了。她是一个聋哑女孩，但是她已经会写字，能用电脑，还能照料病人了。

这些孩子们很快就会成长起来，会一天天地具备生存的能力。命运没有给予他们健全的身体，没有给予他们父母的拥抱、呵护和疼爱，但是如果社会上的人能够尽力地给予一些，他们也许会拥有同样快乐的生活，甚至会拥有非凡的心灵世界和生存能力。

人生，要有一些高尚的行为
——写给儿子

亲爱的儿子，秋天了，天气清爽了。

这两天经常看到一些上学的孩子，他们让我回想起你童年的经历和成长。在你还没有出生的时候，我和爸爸就为你取好了名字，因为你将在盛夏出生，我们期望你像那繁盛的树木一样生长，在中国，人们也把有才能、有作为的人比作栋梁。

你出生以后，我们经历了不少艰难的日子。你总生病、体弱，我也没有很多养育的知识。我只是想让你成为一个健康的孩子，能够领悟事理，努力地去学习知识和拥有自己的思想。记得你刚出生就因病住进了医院，我对命运的祈祷就是用我的生命来换回你……那是一段特别艰难的日子，我常在下班后去医院买药、去超市买食物回来的路上，对着已经升起来的月亮祈祷，从这些美好的自然事物上获得一些生存的希望和力量。那时候我们没有钱打出租车，我都是用自行车载着你去学琴、学绘画，到了临近我们家的上坡路上，你就下来帮我推车子。每次我们俩都又累又饿，不得不把夕阳、云朵、月亮、星空、树影都想象成大烧饼、棉花糖、羊肉串、芝麻糕等。有一次，我们在路边的小摊上买了一张两元的彩票,我问你要是我们中了大奖怎么办。你想了想,认真地说:"先给姥姥姥爷买个房子吧,然后再给你买辆车开着。"

"你不想给自己买个什么东西?"我不解地问。

"那我就买个功能强大的四驱车吧。"你说的四驱车是一种玩具车,是你七岁时最喜欢的玩具。

我们家有很多的书,我和爸爸更多地给予了你一些精神方面的影响。

上一年级的时候,有一天你从学校回来告诉我,你以后要到弗莱明上学的圣玛丽医学院去上学,说你也要把自己的发明创造无偿地让人类使用。这是你幼小心灵确立的一个要获得能力并且奉献社会的思想,我相信它表现了你生命的本质,就像我童年那个长大了给穷人分粮食、分衣服的理想一样。

你的思想也不断地变化,有一天,你看一套世界伟人丛书时,对我说:"我长大后要发动星球大战!"这把我吓了一大跳,我很怕这儿语成为真实的历史。我问你为什么这样想,你说:"不发动星球大战,我就成不了英雄。"我才明白,你是想为实现自己的目标创造机会。

从幼儿时期到现在,你一直有很多不凡之处,你在很多方面超越了同龄人。你也一直勤奋努力,学业优秀,顺利地进入了全国物理竞赛决赛并且获奖,随之被北京大学提前录取。你经常让我和爸爸为之惊喜,为我们的家族带来了荣誉、欣慰和幸福。你是姥姥、姥爷眼中最有出息的孩子,不仅影响到了爸爸、妈妈,也影响了家族里的其他孩子,影响了身边的伙伴,让我们也努力让自己变得更好一些。

"父母之爱子,则为之计深远。"我也总是在你的成长中,向未来瞩望,我不能知道你以后究竟会做成什么事情,但我坚信,你一定会有一番作为。因为你具备了天赋，也拥有了很好的人文知识和理学基础，只要你不断地学习、进取，就一定会有学术成就和美好的生活。

今天我去协和医院，挂了一位姓廖的专家号，这位大夫是从国外留学回来的。他每天一早都要先去病房看手术后的病人，然后再赶过来看一天门诊。病人很多，他对有些病人要反复地解释，工作一天身心都很劳累，但他还是让那些急需的、从外地来看病的人加了号，不让他们千里迢迢地来了，却看不上病。

我从医院回来后，边做饭边看奥巴马夫人米歇尔的演讲。她讲他们出生的黑人家庭，她和奥巴马年轻求学时为房屋和学费贷款的经济状况，他们来自社会的底层，有过奋斗的艰辛和期望，是教育改变了他们的命运，所以他们了解移民的生活，能够推己及人。

米歇尔说：

希望这个国家的每一个人都有同样的机会，无论我们是谁，来自哪里，长相如何，或者爱着谁。相信你在努力工作、表现优异、穿过机会之门之后，你不会把门关上。你要走回来，把帮助你成功的机会给予其他人。

我的故事，奥巴马的故事和千千万万美国人的故事，也因此成真，今天我在这里是第一夫人，但每当一天的工作结束，我的身份就是一个操心的妈妈，我的女儿仍是我的心头肉，我世界的中心。只是今天，我不再像四年前那样顾虑重重，不再担心我和他怎么做才是对孩子们最好的。亲身的经历告诉我，如果要想给我的女儿和全天下的孩子创造一个美好的世界，如果我们想给他们一个梦想的基础和一展抱负的机遇，如果我们想让他们相信一切皆有可能，让他们相信在美国，只要努力就一定能有回报，那么我们比任何时候，比任何人都要更加努力。

　　我把协和的那位大夫和奥巴马夫人的演讲联系了起来。在人类的生存中，成功的标准并不只是金钱，而更多的是你对他人的积极影响，你对人类社会某一方面的有力推动。

　　在了解了人类生存的很多复杂、丑恶和腐败以后，我们还是会经常感受到一些高尚的行为，它们感动着我们的心灵，成为我们行为的动力，让我们也想成为这样的人。

　　我们只有这一生，所以要有远大美好的理想，要通过艰苦的奋斗，让自己获得幸福，到达事业的顶峰，并且努力成为高尚、有力量、有优秀品行、能够影响人类社会的人，而且把它们付诸每一天、每一件具体的事情上。

　　在人生的这些观念上，你现在怎样想？

　　妈妈祝福你每一天都平安、美好、快乐！

会发光的孩子

这些日子，只要从学校回来，儿子就会边放书包边探身到厨房："妈妈，你还没炒菜吧？我来炒！"

他系上围裙，不一会儿，就会炒出一盘蘑菇、一盘西葫芦来。他不用肉，在蘑菇里勾兑了淀粉和蒜片，在西葫芦里添加了胡萝卜片，就既好吃又好看。其实，只要是他动手做的，即使不可口，我也高兴着呢。他却总嫌我炒菜不用心、不好吃。我们俩在炒菜上有不同的观念，我的观念是干净、有营养就行，不用太费心思，我也几乎就不放味精和胡椒之类的调料；他的观念则是只要炒，就要炒得有味道，要好吃一些。

我们俩坐到饭桌前吃饭。

"你炒的两个菜都很好吃！"我夸他。

"妈妈，你跟着我可沾光啦！你自己不好好做饭，每天瞎凑合。"他很高兴。

我笑起来："你能发光我真高兴，我可真沾了你很多光了！"

我不由得回想起儿子从小到大那些发光并且照亮了我的事情。

四个多月的时候，他就能够分辨出家里的人了，并且准确地叫出爸爸、妈妈来。你叫他的名字，他也能回应。

上学的第一天，听到劳动课老师讲"劳动创造一切"，他就怀疑，自然界的一切，并不都是由人的劳动创造出来的。

八岁的一天，他读了伦琴发现X光的故事，跑回家认真地告诉我，他以后也要把自己的发明创造无偿地让人类使用。

九岁的时候，我们俩回家遇上大雨，他把头上的小黄帽摘给我，自己向雨中跑去。

高二的时候，他拿到了全国物理竞赛奖，被北京大学提前录取。

大二的暑假，姥爷查出了肺癌，他骑着自行车满街区寻找家教，要挣钱为姥爷治病。

现在，每个周末，我们谈论起物理学、哲学甚至社会上的一些事情，儿子的见解总是独特又理性……

儿子成长中的这一件件事情，都闪耀着一个孩子思想和行为的光芒，照耀着我的心，为我带来了无比的喜悦和幸福。

我想，在父母的心中和眼中，每一个孩子都是一个星体呢，他们在由小到大的过程中，要经历很多风雨，遭遇很多困难和挫折，但是一定也都有很多生命成长的奇迹……在被太阳照亮过以后，被身边的一些人、书籍的智慧照亮过以后，他们的生命都会在一些时刻闪闪发光，成为父母以及家庭生活的光明和希望，成为能够为身边的人带来能量的人。

但是孩子也总会让我们去想一想，在他们童年的时候，我们是否给予了他们那天真、好奇和渴望发光的心灵很多温暖和光明？

有些事情，我就做得不是很好，比如儿子小时候，我自己带着他，要上班，还要做家务，经常他认真地问一些事情，我却很不耐心的回答；还有儿子贪玩，有时候会在马路上停下来，捡玻璃片或者其他东西，并不知道危险，我便粗鲁地把他拉到路边；还有两岁的时候，我去外地求学,把他送到母亲家寄养了近一年,而那正是他最需要父母的年龄……每当回想起这些,我心里就会后悔、痛苦,如果能够从头来养育孩子,我肯定会避免一些错误,做得好一些。

  人生的时光流逝得飞快,甚至根本就容不得你去后悔,时光在眼前一晃,孩子的童年、少年、青年就要过去了,而我将要成为一位老母亲,生命要开始进入衰老、暗淡的阶段了。

  宇宙的星体也在不断地变化、交替,新的星体在诞生,一些久远古老的星体在萎缩、消失……

  我经常看到满大街闪闪发光的年轻人。

  儿子,在人生的好时光中,努力地去进取,闪耀出你耀眼的光芒吧,不只为了自己,也不只照亮妈妈,要照耀更多的人甚至全世界呢。